LAMEKIS,

OU

LES VOYAGES

EXTRAORDINAIRES

D'UN EGYPTIEN

Dans la Terre intérieure ;

AVEC

La découverte de l'Isle des Sylphides,

Enrichis de Notes curieuses & nouvelles.

VIII. ET DERNIERE PARTIE.

Par M. le Chevalier D E M O U Y.

A LA HAYE,

Chez N E A U L M E.

M. DCC. XXXVIII.

AVERTISSEMENT.

J'Ai trop de reconnoiſſance des bontez dont le Public m'a honoré juſqu'ici, pour ne pas lui rendre un compte exact de l'état de mes productions.

S'il n'avoit dépendu que de moi, il y a long-tems qu'elles ſeroient achevées.

Jaloux comme je le ſuis de mes paroles, j'ai tâché d'y ſatisfaire J'ai fait imprimer en Hollande les quatre dernieres Parties de la Païſanne, les quatre dernieres de Lamekis, & l'on y imprime actuellement la ſuite du Mentor à la mode, celle des Mémoires poſthumes, & pluſieurs autres Ouvrages.

J'eſpére avant la fin de l'année

qu'il paroîtra une partie de ces Ecrits ; je ne négligerai rien assurément pour me rendre digne dans les suites de la prévention heureuse avec laquelle on a bien voulu recevoir les premiers, & je ne rougirai pas de convenir que je la dois bien plus à l'indulgence, qu'à la capacité.

Il me semble que la premiere maxime d'un honnête homme est d'être droit, & de ne jamais biaiser avec la vérité.

Je profiterai, si l'on veut bien me le permettre, de cette occasion pour remercier un Auteur Allemand qui a composé & fait imprimer quatre Parties de la Païsanne parvenue sous mon nom ; l'on m'assure qu'il étoit d'Herstal, à quelques lieues de Liege ; s'il avoit eu la bonté de me prévenir, je lui aurois envoyé le plan de cet Ouvrage, & j'aurois

été le premier à le guider, s'il m'en
avoit jugé capable ; je fais une esti-
me singuliere de cette Nation, &
généralement de tous les Etranger : il ne tiendra pas à moi de le
prouver dans toutes les occasions.

Puisque je mets cet Avertisse-
ment à la tête d'une des Parties de
Lamekis, cela m'engage naturell-
ment à dire quelque chose de cet
Ouvrage. Si je n'avois pas pris le
ton sérieux en le commençant, j'en
aurois dit beaucoup de bien, mais
le sérieux entraîne le vrai, & il est
assommant pour l'amour-propre. Ce
que je puis faire de mieux pour moi,
c'est d'attendre le jugement que le
Public en prononcera. Si j'étois à
sa place, je ne feindrois point de
dire ou que l'Auteur est fou, ou qu'il
a de grandes dispositions à le devenir. Si cet aveu n'est point ho-
norable, du moins il est adroit ; il

y a bien des choſes qu'on paſſe à la folie, & il n'en eſt pas de même pour ceux qui ſe ſont annoncés raiſonnables, & qui veulent l'être en dépit du bon ſens. On ne leur fait aucun quartier, & on a en vérité raiſon.

LAMEKIS,

OU

LES VOYAGES

EXTRAORDINAIRES

D'UN EGYPTIEN.

HUITIE'ME ET DERNIERE PARTIE.

PEndant que mon aimable petit se laiſſoit entraîner aux charmes de ſa liberté nouvelle, en me faiſant parcourir l'eſpace immenſe des Cieux, je méditois profondément ſur mon dernier malheur ; il n'étoit pas poſſible que je querellaſſe mon ſort, j'en avois été moi-

A. iiij

même l'artisan. D'ailleurs aucun remords ne devoit s'élever, la punition étoit bien légitime. Voir ce qu'on aime, une femme entre les bras d'un autre, (car ce que j'avois vû, étoit à peu près la même chose, ou du moins je le pensois,) est un spectacle bien affreux pour un homme dont les sentimens ne sont pas communs. Je croyois *Clemelis* criminelle, j'avois vengé dans son sang mon offense, d'où vient m'en serois-je affligé ? Ne s'étoit-elle pas elle-même attiré cette infortune ? Voilà comme je raisonnois : si l'amour se faisoit encore ressentir dans mon cœur pour une femme scélerate & perfide, l'honneur étouffoit ces trop tendres mouvemens, en me la représentant volage, infidelle & la coupable cause de tous les maux

que j'avois soufferts jusques-là.
Je poussois plus loin les motifs
de ma consolation, en l'accu-
sant d'avoir été d'intelligence
avec l'*Houcaïs* pour me perdre,
& pour se délivrer à jamais d'un
époux embarrassant, & qui n'auroit jamais souffert ses égare-
mens. De ces réflexions je passois à ce que j'allois devenir ;
j'étois encore jeune, & selon
les loix de la nature, j'avois
quelques années devant moi, à
quoi devois-je les employer ?
À peine cette idée se fut-elle
fait remarquer, que je songeai
aux propositions qui m'avoient
été faites en Egypte ; pouvois-
je mieux consacrer le reste de
ma vie malheureuse qu'au service d'un Etre immortel & au
bonheur de ma patrie ? Un culte superstitieux venoit d'en être
aboli par mes soins ; la voix du

Ciel ne s'étoit elle pas fait entendre, ne devois-je pas l'écouter ? D'un moment à l'autre on pouvoit séduire un Peuple infatué des préjugés de l'enfance, un nombre de Prêtres intéressés devoient ' sans doute tout mettre en usage pour réhabiliter leurs autels détruits ; n'étois-je pas obligé en honneur de m'y opposer, & d'achever un ouvrage si heureusement commencé? quelle gloire n'en pouvois-je pas acquerir ?

Ce sentiment m'émeut & me décida, je m'orientai , je pressai du genouil l'aiglon, & repris la route par laquelle j'étois arrivé dans le Royaume des *Abdalles* , je gouvernai le vol de mon petit de façon que ne perdant point la terre de vûe, je me guidois par les objets déja remarqués pendant ma premie-

re route. Cette conduite me
réuſſit; au bout d'un mois je
reconnus l'Egypte , j'en bénis
le Ciel , je me rendis dans la capitale , & je deſcendis comme
la premiere fois ſur la grande
tour : il étoit nuit , & je la paſſai en priere ; la piété dominoit ,
j'invoqu'ai le grand *Vilkonhis* &
le priai ardemment de bénir
mes bonnes intentions.

Dès qu'il fut jour , & que je
vis le peuple en mouvement
dans les places & dan les rues,
je deſcendis ſur le dôme. Mon
apparition fit jetter un cri gé-
néral d'étonnement & de joye;
en moins d'une heure tous les
habitans de la capitale ſe raſ-
ſemblerent & environnerent le
dôme. Je leur parlai, & je leur
demandai s'ils étoient reſtés fi-
déles au culte que je leur avois
prêché ; je jugeai par leur ſilen-

ce qu'il s'étoit paffé quelque
chofe d'extraordinaire pendant
mon àbfence ; je les preffai de
m'en informer : un Egyptien fidéle à la nouvelle doctrine,
monta fur le dôme , & vérifia
ma conjecture. A peine avois-
je été parti , que les Prêtres
chaffés de leur Temple s'étoient
promenés dans les rues avec de
nouveaux Dieux fabriqués , en
hurlant & en faifant des cla-
meurs affreufes & en prophéti-
fant des malheurs épouventable. Le Nil, leur crioient-ils,
alloit s'anéantir, rentrer dans le
fein de la terre, & les expofer à
tout ce que la famine a de plus
affreux ; il n'en avoit pas tant
fallu à ces peuples groffiers
pour les émouvoir ; peu inftruits
de la fcience du Ciel ils étoient
retombés dans leurs premieres
erreurs. Le mal étoit grand ,

j'en gémis, & je résolus de faire tous mes efforts pour le réparer.

Mais les cœurs étoient presque tous retenus par les menaces recidivées des Prêtres du Fanatisme ; je parlai plus de six heures sans fruit. Les Ministres des faux Dieux n'avoient pas plûtôt été informés de mon retour & de mes desseins , qu'ils étoient accourus vers le peuple & par le trouble qu'ils occasionnoient , l'empêchoit de m'entendre. Le Grand-Prêtre sur - tout se faisoit ermarquer en proférant des malédictions qui faisoient dresser les cheveux de la tête ; insensiblement il imprimoit , & je reconnoissois avec douleur que le mensonge alloit l'emporter sur la vérité. Une sainte horreur me saisit , il falloit un coup d'éclat pour reprendre une confiance qne j'avois perdue par mon éloignement trop subit. Au défaut dés miracles je fis agir la politique , je baiffai la tête de l'aiglon , & defcendis jufques près du Vieillard outré. En vain voulut-il éviter l'aiglon , cet aimable animal fait à ma voix fondit fur lui; je le faifis par cette toque tant refpectée autrefois, & d'un coup de *zenguis* terminai fes blafphêmes & fa vie.

Cet exemple impofa, le Peuple rentra dans le filence , & les autres Prêtres auteurs du trouble & de la rébellion s'enfuirent, & fe cacherent , & par là me laifferent le maître de continuer ma harangue. Je la rendis la plus pathétique & la plus perfuafive. Après trois jours confécutifs d'inftructions , j'emportai la victoire ; le grand *Vilkon-*

bis fut adoré, les idoles rejettées
& moi reconnu premier Miniftre de la Religion.

Je ne crus pas manquer à fes
principes en alliant fes intérêts
avec ceux de l'Etat, il falloit
l'appuyer de l'autorité fouverai-
ne pour lui donner des fonde-
mens qui fuffent à l'abri des affauts perpétuels qui lui feroient
portés infailliblement. Pour cet
effet je vis le Roi nouvellement
élû ; l'entretien de la nouvelle
doctine le perfuada & le porta
à la regarder comme la bafe la
plus folide de la Monarchie ;
je lui communiquai les dogmes
de cette Religion , & il y re-
connut tant de fainteté & de fu-
jets de s'en applaudir, qu'il dé-
clara publiquement ma doctrine comme la vraie & celle que
tout homme raifonnable devoit
profeffer. En moins d'un tour

de Soleil (*a*) *Vilkonhis* fut adoré
de toute l'Egypte; des Temples
superbes lui furent élevés, & je
travaillois de si grand cœur à sa
gloire, que j'en oubliai tous mes
malheurs.

Que la Religion est un puissant moyen pour se rendre heureux! Je passois les jours dans
une tranquillité désirable, le
Sanctuaire faisoit mes seuls dé-
lices; là je vivois à l'abri de toutes les occasions qui pouvoient
la troubler. Si j'allois à la Cour,
c'étoit moins pour y jouir du
charme d'être applaudi, que
pour entretenir le Monarque
dans les sentimens favorables
pour le culte dont j'étois le premier Ministre. Plusieurs années
s'étoient écoulées dans cet état
paisible, rien ne me paroissoit

(*a*) Les Egyptiens comptoient l'année
par les révolutions du Soleil.

capable

capable de l'ébranler. Mais que dis-je ! étois-je fait pour être long-tems heureux?

Un jour que je fortois de chez le Roi, je fus abordé par un Etranger dont la phifionomie me fit reculer de deux pas. Que vois-je, m'écriai-je en lui tendant les bras, par quel heureux deftin vous rencontrai-je en ces lieux? C'étoit cet Affranchi fidéle qui m'avoit introduit chez *Clemelis*, & à qui je devois le ravifsant plaifir d'avoir puni une femme perfide. Il me ferra la main, & me dit qu'il répondroit ailleurs à mes queftions. Son regard étoit timide, mal afsuré & il me fembloit lire dans fes yeux de la triftefse & de l'embarras; il m'accompagna chez moi, & dès que nous fûmes feuls, il me reprocha refpectueufement la tranquillité dont

VIII. Partie.   B

je jouiſſois, dans le tems diſoit-
il, que je devois être dévoré
de regrets & de remords; je ne
m'attendois guéres à de pareils
reproches, je lui en marquai
ma ſurpriſe. A ce que je puis
connoître, reprit-il, vous êtes
dans l'erreur, je ne ſçai ſi je dois
vous en tirer, & s'il ne vaudroit
pas mieux vous y laiſſer pour jamais. Ah, *Lamekis*, s'écria t'il
en joignant les mains, que vous
êtes malheureux, & que vous
méritez peu le ſort tranquille
dont vous jouiſſez! quelle barbarie, continua-t'il en levant
les yeux au Ciel, l'innocence
ſouffre & le crime triomphe! La
fidelle *Clemelis*... Qu'entens-
je, que me dites - vous, interrompis-je, *Clemelis* fidelle?...
ah! ceſſez un diſcours qui me
rappelle des horreurs que je
cherche à oublier, & pour leſ-

quelles j'ai tant souffert. C'est en vain que vous chercheriez à abuser mes yeux témoins de ses perfidies. ... Arrêtez, *Lamekis*, interrompit à son tour l'Affranchi, n'aggravez point par l'imposture vos crimes trop avérés; ces yeux que vous citez, vous ont séduit; *Clemelis* est la plus sage & la plus innocente de toutes les femmes, & me voilà prêt à vous le prouver & à répondre à toutes les suppositions que l'on auroit pû faire contre elle.

Je trépignai d'impatience à ce discours, ma fureur s'alluma & dans son transport j'exposai tous les griefs que j'avois contre cette perfide; je n'en oubliai pas un seul, son intelligence entre l'*Houcais* & elle, la Lettre portée par un de ses Officiers au Roi, l'entrevue secre-

te en conféquence avec ce Prince , fon abfence de la Cour
après cette entrevûe cachée
avec tant de foins , l'*Houcais* furpris à des heures indûes dans
fon appartement , cette Lettre
que j'avois confervée , que
je repréfentai , mon fupplice
barbare de concert avec le
Roi pour fe défaire d'un époux
défiant , & en dernier lieu cet
homme enfermé dans fa chambre au milieu de la nuit vû &
affaffiné par moi , tout cela par-
loit-il, & pouvoit-il trouver une
juftification ? Mon cœur outré
fe répandit en horreurs, en menaces. Vit-elle encore, m'é-
criai-je avec un emportement,
cette époufe fcélérate ? mon
bras m'a-t'il trahi une feconde
fois ? Eh bien, qu'elle tremble
la perfide , je fuis tout prêt à
confommer ma vengeance, &

à rifquer mille vies fi je les avois,
pour lui arracher un cœur qui
n'avoit été créé que pour me
rendre le plus malheureux de
tous les hommes.

Tant que mon feu s'exhala ,
l'Affranchi eut les yeux baiffés
& fe tut ; mais lorfqu'il vit la
chaleur de mon emportement
à fa fin , il me pria de l'écouter.
Si vos griefs font apparens, me
dit-il avec fermeté , ils n'en font
pas moins faux. *Clemelis* vous a
toujours été fidelle , & elle eft
la plus fage de toutes les femmes ; vous êtes le feul dans le
monde qui ofiez la foupçonner, penferiez-vous que toutes
les caufes que vous venez d'al-
léguer , font contre vous , &
qu'il n'y en a pas une feule qui ne
vous rende doublement ingrat ?
Ecoutez-moi , ô *Lamekis* , continua t'il en s'appercevait de

l'impatience que je voulois té-
moigner à l'occasion de ce qu'il
venoit de me dire , après ce
que j'ai à vous rapporter , vous
ferez le maître , fi vous l'ofez ,
de continuer dans votre reffentiment.

Avant que d'entreprendre une
juftification où la vérité va con-
fondre la prévention & les foupçons jaloux , continua l'Affranchi , il faut que vous fça-
chiez par quel endroit je fuis en
état de vous la fournir. Jamais
je n'avois eu l'honneur d'approcher de la trop infortunée *Clemelis* , mon frere feul avoit'fa
confiance , fi j'en avois été regardé , ce n'avoit été qu'en fa
confidération , mon zéle pour
vous m'a fait rechercher cet
avantage ; j'avois envie de vous
fervir tous deux , mes bonnes
intentions , comme vous le ver-

rez, ont été payées d'un triste salaire, vous en allez convenir.

Rappellez-vous ce jour où vous me fîtes une confidence sincéré de vos sujets de plaintes contre la respectable *Clemelis* ; vous vous ressouviendrez en même tems que je fis mon possible pour détruire les funestes impressions qui vous dévoroient, & que je vous proposai l'appartement de mon frere pour vous éclaircir entierement de vos doutes ; je n'agissois alors que par conjectures, je n'avois pas assez approché de cette digne femme pour oser répondre de sa conduite ; mais le préjugé favorable de sa réputation m'intéressa, lorsque je vous vis dans la résolution de vérifier vos doutes ; d'ailleurs ils me sembloient si peu fondés, que je crus vous rendre un service essentiel en

vous fourniffant à tous deux l'occafion de vous voir & de ceffer
des inquiétudes qui me paroif-
foient ne prendre leur fource
que dans votre efprit prévenu.
Pour cet effet, je fis demander
une audience fecrete à *Clemelis*
par une de fes femmes, en la
faifant avertir qu'elle étoit pour
elle de la derniere importance.
Je choifis la nuit pour cette entrevûe, dans l'efpérance de vous
la dérober & de vous furprendre agréablement ; elle me fut
accordée. J'appris à *Clemelis* votre retour ; elle fe trouva mal à
cette nouvelle, & voilà la caufe
pour laquelle je reftai fi long-
tems dans l'appartement. Après
être revenue de fa foibleffe, elle
me preffa de la conduire où vous
étiez ; j'eus beau vouloir lui faire
entendre qu'il étoit bon que je
vous viffe, afin de vous prévenir

nir & d'anéantir vos foupçons,
elle n'entendit rien, fon impatience l'emporta fur mes pru-
dentes raifons, il fallut obéir,
elle étoit fi émûe & fi foible,
qu'elle s'appuya fur mes bras
en fortant de l'appartement ;
quel fut notre effroi....! Ah
Ciel ! que me dites-vous, interrompis-je en jettant un foupir
affreux ? Se peut-il?... Oui,
Seigneur, pourfuivit l'Affranchi fans me donner le tems d'a-
chever, c'étoit moi que vous
étendîtes à vos pieds ; nos cris
attirerent tous les gens de la
maifon, l'on fut chercher du fe-
cours, *Clemelis* fut mife dans
fon lit, & les Docteurs la foi-
gnerent. Pour moi que l'on crut
mort, parce que je ne donnois
aucun figne de vie, l'on me porta chez moi; j'appris après quelques jours que vous en fortiez

alors avec votre admirable oifeau , & cette connoiffance ne
me tranquillifa pas peu , quelques inftans plus tard vous étiez
arrêté ; l'*Houcaïs* avoit été informé dans le moment de votre
nouvel attentat,& pour en prévenir d'autres à l'avenir,il étoit dé-
cidé qu'il vous feroit ôter la vie.
On vous chercha long-tems,&
lorfque je fus guéri , j'effuyai les
plus cruelles informations.

A peine *Clemelis* fut - elle en
état de parler , qu'elle m'envoya chercher ; fes bleffures
avoient été plus longues que
les miennes à guérir, & il lui en
étoit refté une foibleffe dont elle fe reffentira peut-être toute
fa vie. Elle me demanda avec
une avide curiofité ce que vous
etiez devenu , & fi je ne fçavois point les raifons qui vous
avoient porté à cette nouvelle

barbarie contre une épouse qui n'avoit jamais chéri que vous. Je lui fis part de toutes les choses que vous m'aviez dites à cette occasion, & particulierement des griefs que vous venez de répéter. Que m'avez-vous appris, s'écria-t'elle lorsque j'eus fini ! O fourbe & scélérat *Zelimon*, que t'avions-nous fait pour nous porter à l'un & à l'autre des coups si cruels ? Et vous, ô *Lamekis* mon cher époux, qui me serez toujours cher , & à qui je pardonne tant de rigueurs, que n'êtes-vous instruit de tous les tours scélérats qui nous ont été joués! vous reviendriez bientôt me rendre une joye dont je ne jouirai jamais, que lorsque je me retrouverai entre vos bras.

L'Affranchi s'arrêta dans cet endroit comme pour respirer.

Eh bien, m'écriai-je avec impatience & avec un trouble qui m'annonçoit la douleur à laquelle j'étois à la veille d'être en proye, vous instruisit-elle de ces rules affreules employées pour nous perdre l'un & l'autre ? Hélas! Seigneur , reprit l'Affranchi, vous ne les apprendrez que trop tôt. Poursuis , poursuis , ajoutai-je dès qu'il est question du perfide *Zelimon*, je pressens mon fort ; je le connois trop cet homme pour ne pas m'attendre à tout ce qu'il y a de plus scélérat.

L'Affranchi sans me repondre , poursuivit ainsi :

Quelques jours après la funeste obligation qui m'éloigna d'un époux que j'adorois, continua *Clemelis*, je reçus une Lettre anonime , par laquelle on m'apprenoit que cet époux ché-

ri m'étoit infidéle, & qu'il vi-
voit depuis long-tems avec une
Phénicienne d'une beauté fans
égale,à laquelle il m'avoit préfé-
rée fans la confidération qu'il
avoit pour le Roi fon bienfai-
teur. Ces nouvelles ne firent
qu'une légere. impreffion fur
moi, j'avois toujours trop mé-
prifé ces fortes de voyes d'inftruire pour y ajouter une entiere foi. La premiere Lettre
que je reçus de mon époux ,
remplie de tendreffe & d'affurance de fidélité, avoit diffipé
les foibles nuages que ma délicateffe avoit laiffé approcher de
mon cœur ; je ne crus pas même à fa place de l'inftruire de
ces avis, il auroit femblé que je
me défiois de fon cœur, & je
regardois l'ombre même du
foupçon trop offenfante pour la
laiffer entrevoir à un époux que
j'adorois. C iij

Tant que je reçus des Lettres de cet époux chéri , je ne me souvins point de cette Lettre fatale; à peine en fus-je privée, qu'une inquiétude mortelle s'empara de mon ame. Avant de concevoir des soupçons, je pris fur moi d'attendre ; peut-être, me difois-je , que ce retard n'eft point occafionné par l'oubli , & encore moins par l'indifférence , la premiere Lettre fera ceffer toutes mes inquiétudes , & me rendra la tranquillité. Quelle rigueur ! j'attendois vainement , pour le coup je me crus oubliée, & j'en mourois de douleur.

Je dis que je me crus oubliée, parce que je ne pus pas douter que mon époux ne fût en état de m'écrire. Le Roi qui étoit de retour , recevoit de fes Lettres réguliérement , & plufieurs

autres perfonnes de la Cour de
tems à autre. *Zelimon* qui avoit
des raifons fecretes pour que je
ne l'ignoraffe pas, avoit la cruauté de montrer celles qu'il recevoit de *Lamekis* chez la Reine,
& de faire parade de l'étroite
amitié qui regnoit entre *Lime-
kis* & lui ; fouvent même il me
regardoit avec un air de compaffion qui m'étonnoit, & dès
que je furprenois fes regards, il
les retiroit avec un air contraint
& myftérieux, dont je ne pouvois m'empêcher de m'éton-
ner & de m'inquiéter.

Cela arriva fi fréquemment,
qu'à la fin je réfolus de fçavoir
ce que ces airs de pitié figni-
fioient : je lui fis dire de fe trouver chez moi à mon réveil, &
il s'y rendit, & lorfque je le
queftionnai à ce fujet, il me parut fi embarraffé, qu'il redoubla

ma curiofité. Enfin après s'être
fait beaucoup preffer , il m'a-
voua que l'amitié intime qu'il
avoit pour mon époux , la faifoit fouffrir du peu de juftice
qu'il me rendoit ; il entrecoupa
tout ce qu'il me dit à ce fujet
de maniere qu'en ne m'appre-
nant rien , il m'apprenoit beaucoup ; ce que j'en devois augurer étoit une feinte indifpofition
pour n'être point obligé de
quitter la Phénicienne qu'il ado-
roit. Jugez de quelle douleur je
fus accablée à cette connoiffance ; elle me preffa fi cruellement , que je réfolus de mettre
fin à une fituation fi pénible , en
allant trouver mon époux , &
en faifant tous mes efforts pour
reprendre un empire fur fon
cœur , fans lequel je me trouvois la plus infortunée de toutes les femmes.

Je parlai à la Reine du deffein que j'avois d'aller retrouver
mon époux fans lui faire confidence des raifons qui m'y engageoient; je prétextai l'inquiétude où j'étois d'une indifpofition qui ne finiffoit point; elle
y confentit avec bonté, à condition que j'en aurois l'agré-
ment du Roi. Dans la crainte
de perdre du tems, j'écrivis à
ce Prince par un Officier à moi
pour le fupplier de m'accorder
pour le même jour une audience, parce qu'autrement j'aurois
été obligée d'attendre qu'il vînt
chez la Reine, & il ne devoit
s'y trouver que deux jours après.
L'*Houcaïs* eut la bonté de me
permettre de l'aller trouver;
j'y fus, & il fit fes efforts pour
me retenir, ou pour mieux dire, il fçut démêler la caufe de
mon départ : je le vis fi bien in-

formé & si compatissant à mes
secrettes inquiétudes, que je
lui en fis l'aveu; il eut la bonté
de me consoler, de me pro-
mettre ses bons offices pour
m'aider à regagner un cœur
que je croyois perdu, & m'accorda la permission de partir
avec celle de cacher à tout le
monde mon départ, dans l'in-
tention où j'étois que *Lamekis*
qui avoit des correspondances
à la Cour, n'en fût point informé. Je me faisois un plaisir
cruel d'examiner par moi-même l'intrigue de mon époux &
de la lui reprocher, lorsqu'il ne
s'y attendoit pas.

Pendant que l'Affranchi me
détailloit ces choses, je me rap-
pellai dans cet instant deux endroits qui ne servirent pas peu
à justifier *Clemelis* dans mon es-
prit. La premiere, cette entre-

vûe avec l'*Houcaïs*, qui deve-
noit fi naturelle, & à laquelle
Zelimon avoit attaché des raifons fi coupables. La feconde,
la rencontre de cette femme
dans ce Village, où je paffois
lors de mon voyage à la Cour,
dont le portrait qui m'avoit été
fait, reffembloit fi fort à celui
de *Clemelis*. Je ne voulus point
cependant interrompre l'Affranchi, ma curiofité ne fouf-
froit point de retard; il continua en ces termes:

Que ne penfai-je point, s'é-
cria *Clemelis* avec douleur, lorfque j'arrivai dans le Royaume
des *Abdalles*, & que je n'y trouvai point *Lamekis*; je jugeai qu'il
avoit été informé de mon arrivée, malgré tant de précautions
prifes, & qu'il fuyoit mon abord;
l'efpérance de le retrouver,
m'arrêta quelque tems dans ce

pays, j'y fis des perquifitions fi exactes, que j'appris enfin qu'il étoit allé à la Cour. A peine cette nouvelle m'eut-elle été confirmée, que je repartis fur le champ. Mais quel fut mon trouble & mon effroi en arrivant chez moi, de trouver mon cabinet crocheté, & d'y découvrir des marqu es de rage & de fureur; qu'en devois-je augurer? L'*Houcaïs* que j'en fis informer, paffa de fon appartement dans le mien, fa furprife ne fut pas moins grande que la mienne, il m'avoua que cette aventure l'inquiétoit d'autant plus, qu'il étoit informé qu'on tramoit contre lui. De fi bons ordres furent donnés pour ma tranquillité, que je ne feignis point de me coucher & de paffer la nuit dans mon appartement.

Mes inquiétudes continuel-
les qui m'empêchoient de dor-
mir depuis long-tems, céderent
enfin à un profond sommeil, &
j'étois trop heureuse d'en jouir
après une privation si longue ;
il fut interrompu par l'aventure
la plus hardie qu'on puisse imaginer ; je me sentis baiser la
main, & dans le moment je me
réveillai en sursaut. Cette témérité imprévûe fut suivie de la
déclaration d'amour la plus vive,
elle étoit de *Zelimon*... J'inter-
rompis l'Affranchi à ces mots ;
je sçais cet événement, lui dis-
je, j'en ai été témoin, passez à
ce qui suivit. Après mes fureurs
quelle couleur *Clemelis* a-t'elle
pû donner à l'acte inhumain &
barbare avec lequel je fus traité? Elle n'y eut aucune part, reprit l'Affranchi, à ce cruel événement, ses blessures presque

mortelles la retenoient dans son lit , & vous futes proscrit & condamné sans qu'elle en ait eu aucune connoissance.

Combien de larmes ne versai - je point , continua-t'elle , lorsque j'appris la barbarie avec laquelle on avoit traité mon époux, tout indigne qu'il étoit de ma pitié par les fureurs qu'il avoit déployées sur moi! Je m'abandonnai au désespoir, je demandai ma retraite de la Cour, & malgré tous les avis qui me furent donnés, je ne voulus plus vivre dans les lieux où l'on avoit traité avec tant d'inhumanité tout ce que j'avois de plus cher dans le monde. La Reine eut beau me faire entendre que tant qu'il auroit vécu, ma vie n'auroit pas été en sûreté , rien ne put me persuader ; je me retirai dans cette maison , où j'avois deſſein de paſſer le reſte de mes jours ſans y recevoir perſonne, afin d'y pleurer en liberté tous mes malheurs.

Je n'y fus pas long-tems ſans y être expoſée aux perſécutions du traître de *Zelimon*, il continuoit à m'aimer, & il s'abandonnoit à ſa paſſion avec d'autant plus d'eſpoir, qu'il n'avoit plus à redouter un époux vivant ; il employa tout ſon crédit pour me porter à lui donner ma main. *Doldeon* ſon pere vint me voir, me le préſenta & fit valoir cet art qu'il a de perſuader pour m'engager à le rendre heureux. Projet frivole ! je réſiſtai à tous ces aſſauts. *Zelimon* au deſeſpoir de ne pouvoir m'amener à ſes vûes, réſolut de m'enlever ; il avoit gagné un de mes gens qui l'introduiſit pendant la nuit dans ma maiſon, mais la valeur de

votre frere me préferva de cette affreufe entreprife : je m'en
plaignis amérement au Roi ;
Zelimon fut exilé, & reçut avant
de partir une mercuriale fi vive & des recommandations fi
précifes de ne plus me mettre
dans le cas de me plaindre de
fes importunitez , que je n'ai
pas entendu parler de lui depuis.

Voilà, Seigneur , continua
l'Affranchi ce que l'infortunée
Clemelis me rapporta ; enfuite
elle me chargea de faire mon
poffible pour tâcher d'apprendre en quel endroit du monde
vous pouviez vous être retiré ,
m'affurant qu'après un an de re-
cherche elle iroit elle-même
faire cette enquête. Je fus fi
touché de la maniere dont elle
m'exprima fes regrets & le defir
violent qu'elle avoit de vous revoir,

voir, que je m'engageai à partir dès le lendemain pour satisfaire à son impatience. Depuis ce tems j'ai traversé les mers, j'ai erré de Roïaume en Roïaume & partout, je vous nommois avec l'espoir qu'un nom si grand & si connu vous déceleroit tôt ou tard. Mon espoir, comme vous le voyez, Seigneur, n'a pas été vain, votre réputation est venue jusqu'à moi dans des pays éloignés, que risquois-je? Toute la terre n'est-elle pas remplie de vos hauts faits, & de la révolution surprenante opérée par votre génie tout divin en Egypte? je m'y suis rendu en diligence, je vous y vois, ô *Lamekis*, & j'ose me flater que mes bonnes intentions auront l'effet que j'en ai présumé.

S'il m'avoit été possible de répandre un torrent de larmes,

mon cœur pénétré d'un détail
si vrai & sincére y auroit donné
cours. Je voyois clairement
mon injuftice & mes crimes,
j'avois été vingt fois à la veille
d'en convenir, de les avouer &
de prendre la réfolution d'en
aller chercher moi même le par-
don ; mais l'empire qu'a l'orgueil fur un homme en place
jaloux de fa réputation me re-
tenoit. Que dira la poftérité ,
me difois-je , d'un tel aveu ? ces
crimes véritablement crimes,
dont la fource reftera inconnue,
paroîtront à l'avenir étonné,des
preuves de fermeté & de grandeur tant que le principe en fera ignoré ; mais de quel mépris
ne ferai-je pas couvert lorfqu'il
fera connu?

Cependant le 'defir de voir
Clemelis qui m'étoit redevenue
mille fois plus chere depuis que

fon innocence m'étoit connue,
car dans cette juſtification j'a-
vois appris que cette Lettre ſi
paſſionnée, & qui m'avoit tant
inquiété, étoit une réponſe qui
m'étoit faire, l'emporta ſur ces
raiſons ſuperbes : j'aſſurai l'Affranchi que mon deſſein étoit
d'aller la joindre inceſſamment,
& d'aller à ſes pieds lui demander des pardons ſincéres de tant
d'offenſes. Pour prévenir ma
grace, je lui fis à mon tour le
détail de tout ce qui m'étoit arrivé, afin qu'elle compatît à mes
foibleſſes, ou pour mieux dire,
à mes fureurs. Avant de quitter
l'Egypte, il me convenoit de
me démettre de la grande Prê-
triſe entre les mains du Roi; il
ne m'étoit pas permis, ſelon les
loix que j'avois impoſée moi-
même, de la garder étant ma-
rié, ou il falloit renoncer pour

D ij

jamais à *Clemelis.* Outre cette
importante conſidération, la reconnoiſſance de tant de biens
reçus en Egypte exigeoit mille
égards de ma part; j'y étois regardé avec une vénération ſi
grande , & l'on m'y avoit toujours traité avec tant de bonté,
que j'aurois été le plus ingrat de
tous les hommes ſi j'en étois
ſorti ſans le conſentement una-
nime de tous les peuples ; il n'é-
toit pas aiſé à obtenir , j'étois
aimé & regardé comme le Pere
ſpirituel de cette contrée , tout
cela ne méritoit il pas une grande attention ?

L'Affranchi en convint, &
fut le premier à entrer dans mes
embarras ; nous décidâmes qu'il
partiroit le premier , afin de prévenir *Clemelis* de toutes ces choſes , & que j'attendrois en Egy-
te des nouvelles de ſa part. J'é-

crivis une grande Lettre à cette
adorable femme, où fans entrer
dans aucun détail, je l'affurois
que je n'avois jamais ceffé un
inftant de l'aimer, & que j'attendois ma grace écrite de fa
main pour aller à fes pieds lui
jurer une reconnoiffance éternelle.

Après le départ de celui qui
devoit la lui rendre, je me rendis chez le Roi, & pour mériter plus furement l'approbation
de mon départ, je lui fis un aveu
fincére & naturel des raifons
qui m'y engageoient. Non feulement il voulut bien y entrer,
mais même il daigna me guider
& me tracer lui-même la plan
que je devois fuivre pour ne
point m'expofer à être retenu ;
il fut auffi fage que politique. Je
commençai par nommer un
Grand du Royaume à ma pla-

ce fous le nom d'Adjoint, afin
de gouverner, fuppofois-je, en
cas d'infirmité ou de mort. Le
Sujet étoit fi agréable aux Egyptiens, qu'il fut reçu avec ap-
plaudiffement. Il m'étoit aifé
alors de partir quard je voudrois, fous prétexte de maladie,
& en fuppofant encore que les
événemens de ma vie m'obli-
geaffent à revenir, je retrouvois
une dignité en Egypte , avec
laquelle je pouvois paffer agréablement le refte de mes jours.

Trois mois étoient déja paffés que je n'avois reçu encore
aucune nouvelle de *Clemelis*; je
vivois dans une langueur &
dans une impatience cruelle ;
j'avois calculé le tems de l'arrivée de l'Affranchi, & celui où
je devois recevoir un Courier
de fa part ; il étoit plus que fuf-
fifant. O Ciel, m'écriai-je quel-

quefois, qui peut occasionner
un si cruel retard? *Clemelis* ne
voudroit-elle plus me revoir, &
lui serois-je devenu odieux au
point de ne vouloir pas écouter
ma justification? Mais l'Affranchi, reprenois-je, m'en averti-
roit & ne me laisseroit pas dans
une aussi cruelle incertitude.
Tantôt je pensois qu'il étoit arrivé quelqu'accident à cet homme fidéle, & que ma chére
épouse ignoroit mon repentir,
& continuoit à vivre dans ses
regrets; quelquefois la jalousie
venoit essayer de reprendre
l'empire dont elle avoit tiran-
nisé si long-tems mon cœur.
Mais ma raison qui l'en avoit
bannie, sçavoit lui opposer tant
de motifs, que sa voix impuis-
sante ne faisoit plus que de légeres
res impressions, & quand cela
arrivoit, un moment de réfle-

xion les effaçoit entierement.

Un jour que j'étois agité de ces cruelles incertitudes, & que je me rappellois avec faififfe-ment tous les malheurs de ma vie, je fus frappé d'un bruit éclatant qui fe faifoit dans la capitale, dont je treffaillis jufqu'au fond de mon cœur. J'allois fça-voir la caufe d'un mouvement fi terrible, lorfqu'un des Prê-tres du Temple accourut avec effroi. O Miniftre facré, me dit-il tout eft perdu, les autels du grand *Vilkonhis* font ébranlés, le Temple veut s'écrouler, les Prêtres de *Serapis* triomphent, le Peuple fe révolte & facrifie à un Dieu nouveau. Qu'entens-je? Jufte Ciel, m'écriai-je, je n'en dis pas davantage, je fors de mon appartement, je paffe au Temple, monte à la tribune. ô *Sinoüis*, qu'y vois-je? l'aiglon

dans

dans les airs & monté par un des
Prêtres de l'idolâtrie ; de là il
harangue le Peuple , le séduit &
l'entraîne. En vain veux-je m'é-
crier ; le feu de la rébellion a
embrasé tous les cœurs, un prodige naturel leur a fait secouer
un joug respectable , la séche-
resse qui a tari le Nil depuis quelques jours , est la punition at-
tribuée à leur infidélité. Les
Prêtres de tous les Dieux de
l'Egypte dans le même jour, à
la même heure causent la révolution , & la fureur dans les
yeux courent enforcenés prononcer leurs oracles ; tout plie ,
tout obéit, & j'ai la douleur de
voir dans un instant le culte
anéanti & tous mes projets ren-
versés.

Le Roi me faisoit cher-
cher par-tout pour me donner avis de me soustraire à la

fureur publique. Pour conferver fon trône, il avoit été obligé de plier à la révolution préfente & de donner fon confen-
tement à ma perte. Les Egyptiens en foule environnoient
le Temple, jettoient des cris
affreux en le forçant, & ne ref-
piroient que l'inftant de me fai-
fir pour me déchirer en morceaux.

Celui que le Roi avoit char-
gé de cet avis, étoit parvenu
jufqu'à moi par un corridor fecret qui répondoit du Palais au
Temple. Au lieu de céder à ce
confeil, je montai fur la *guerlu-*
che (a) du Temple; il me reftoit
un efpoir qui n'étoit pas frivole,
l'aiglon me connoiffoit trop

(a) Efpéce de girouette faite d'un bœuf
deffeché, dont le derriere étoit placé de
façon que le vent lui fouffloit toujours au
cul, ce qui ne contribuoit pas peu à le
conferver long-tems dans fon entier.

pour ne pas venir à moi dès qu il entendroit ma voix ; il falloit qu'il eût été furpris la nuit pour qu'il fe fût rendu au Prêtre qui le montoit alors. J'avois laiffé la liberté à cet aimable oifeau depuis que j'étois en Egypte, & je l'avois mis dans un petit Bois voifin du Temple regardé par ces Peuples comme facré, où je le voyois fouvent, & où je n'avois garde d'imaginer qu'on fût affez hardi de le pren-dre. Jamais il ne s'étoit écarté de ce lieu que pour venir quel-quefois me furprendre par la fe-nêtre de mon appartement lorf-qu'elle fe trouvoit ouverte, & par où il me donnoit des mar-ques de fon attachement ; j'é-tois fûr en un mot de fa fidélité, & voilà fur quoi je fondai ma confiance.

Elle ne fut pas vaine. A peine l'oiseau dont le regard étoit vif & perçant, m'eut-il entrevû sur la *guerluche*, qu'il battit des aîles, allongea le col, s'arrêta un instant comme pour assurer ses conjectures & descendit vers moi. Le Prêtre qui le montoit, s'étant apperçu sans doute de son dessein, employa tous ses efforts pour l'empêcher ; mais l'animal plus fort que lui y résista, & vint se percher sur la *guerluche*, en me donnant toutes les marques à sa maniere de la joye qu'il avoit de me retrouver.

Cependant le Prêtre au desespoir de voir tourner si peu favorablement son projet, me dit avec un ton effroyable de me retirer, autrement qu'il me précipiteroit du haut en bas de la *guerluche*. Je lui répondis avec fermeté qu'il eût à descendre lui-même de dessus mon oifeau, autrement que je le ferois dévorer ; & pour lui prouver que ses menaces m'intimi-doient peu, je saisis l'aiglon par les plumes, & je sautai sur son col.

Le Prêtre de *Serapis* qui ne s'attendoit pas à cette témérité, leva un *zenguis* qu'il avoit à la main & voulut me percer, je lui saisis le bras, & nous faisions des efforts mutuels, lui pour me poignarder, & moi pour lui ar-racher le poignard. Pendant ces mouvemens l'aiglon s'éleva dans les airs, & les fendit avec une rapidité sans pareille.

Rien ne redouble tant le courage que la crainte du péril; celui qui me menaçoit, me donna de nouvelles forces, mais l'homme auquel j'avois affaire, en avoit une si grande, qu'il dé-gagea enfin son bras, leva le

E iij

poignard & l'abaiſſa avec une
peſanteur qui m'eût ôté mille
vies ſi je les avois eues. Si j'eſqui-
vai le coup, il n'en fut pas moins
fatal, il porta à plomb ſur le dos
de l'aiglon, qui en jetta un cri
de douleur. Je devins ſi furieux
alors, & la ſecouſſe dont j'é-
branlai le terrible Prêtre, fut ſi
violente, que je le deſarçonnai
& le précipitai de deſſus l'aiglon ; l'oiſeau infortuné ne s'en
fut pas plûtôt apperçu, qu'il
fondit à terre ſur le corps de
mon adverſaire, & le déchira
en morceaux.

Mais à quoi lui ſervit & à moi
cette vengeance légitime ? Mon
aimable aiglon étoit bleſſé, la
playe étoit ſi profonde, & le
coup avoit porté ſi avant, que
j'en tremblai en la reconnoiſ-
ſant. Il ſe plaignoit, me careſ-
ſoit à ſa maniere, & me faiſoit

connoître par ses regards la
souffrance cruelle dont il étoit
tourmenté. Quelque soin que
je me donnasse pour soulager
ses douleurs , il languissoit &
dépérissoit à vûe d'œil. O *Si-*
noüis quelles furent mes allar-
mes! avant la fin du jour mon
aimable aiglon ferma les yeux,
appuya sa tête sur mes genoux ,
& ouvroit le bec & le refermoit
avec des hoquets qui me pré-
sageoient sa mort prochaine.
Mes larmes coulerent alors en
abondance ; je me mis à faire
des plaintes dont un rocher
auroit été touché ; mon cher
petit entr'ouvroit de tems en
tems les yeux, & sembloit prendre part à mes regrets. Enfin ,
que vous dirai-je? la mort barbare vint me ravir le cher com-
pagnon de tant d'infortunes.
Mon petit, mon cher petit éten-

dit les pattes, battit les aîles ;
me preſſa de ſa tête & ſembla
me dire le dernier adieu. Par-
donnez à mes larmes à ce fatal
ſouvenir, je ne puis encore y
ſonger ſans en être ſuffoqué.
Oui, cher oiſeau, s'il eſt poſſible qu'on ſe revoye dans l'autre
vie, & que l'inſtinct parfait dont
vous ériez comblé, ait pû vous
mériter une diſtinction parmi
vos ſemblables, en vous ren-
dant immortel, je n'oublierai
jamais le tendre attachement
que vous avez eu pour moi, &
j'aurai le plaiſir de vous apprendre que vous n'êtes jamais ſorti
de mon ſouvenir.

Ciel, ſe peut-il que nos jours
nous ſoient donnés en ſi petit
nombre, & qu'ils ſoient ſi tra-
verſés! Je me trouvai après la
mort de mon cher petit dans un
ſi cruel abattement, que je ne

me trouvois plus capable de
rien ; je fus deux tours de Soleil
les bras croisés , les larmes aux
yeux, sans pouvoir me résoudre
à prendre aucun parti : il sembloit qu'un vain espoir me retînt dans ce lieu fatal , & me
promît de rendre à la vie mon
aimable aiglon ; mes regards
étoient sans cesse fixés sur lui ;
le moindre vent qui agitoit ses
plumes, me persuadoit qu'il alloit reprendre ses sens ; alors je
me jettois sur lui, je l'embras-
sois , l'appellois des noms les
plus doux , & le priois de me
donner des signes de la tendres-
se qu'il avoit toujours eue pour
moi. Hélas ! je me flatois , aiglon n'étoit plus , les preuves
n'en étoient que trop certaines,
il commençoit à se corrompre,
& malgré tout l'amour dont j'é-
tois prévenu pour lui , il fallut

m'éloigner, ou me réfoudre à périr comme lui.

Jamais un homme fenfé ne devroit s'attacher à aucune des chofes de la vie, il s'éviteroit par là une partie des chagrins dont elle eft traverfée. La privation des biens aufquels on a mis fon affection, eft beaucoup plus fenfible que le plaifir qu'on a reffenti en les acquérant. J'en fis preuve, à chaque pas, à chaque inftant je regrettois mon cher petit ; il me fervoit non-feulement d'une compagnie fidelle, mais même il m'étoit d'une utilité douce & agréable. Avec lui je paffois d'un climat à l'autre fans péril & fans m'en appercevoir ; fans lui j'étois expofé à la fatigue & à cent dangers divers.

En effet, combien n'en courus-je point en traverfant l'Egypte. Les Prêtres de *Serapis* avoient donné des ordres si positifs pour me faire arrêter, que j'étois perdu sans vous, ô *Sinoüïs* ! votre pitié généreuse me défendit contre une cohorte prête à triompher de moi. Depuis ce tems vous n'avez plus voulu me quitter ; votre amitié compatissante sous le prétexte d'avoir des affaires dans le Royaume des *Abdalles*, vous a fait quitter vos foyers pour me suivre, & pour me préserver des dangers évidens que je courois

Vous sçavez le reste, vous avez vû par votre propre expérience que j'étois prédestiné pour les aventures les plus extraordinaires. Souvenez-vous vous même qu'avant de commencer le récit de mon histoire, je vous avois annoncé le parta-

ge des malheurs qui m'ont toujours fuivi. Hélas ! pourquoi
votre zéle a-t'il été fi grand ? que
ne vous retiriez vous alors de
moi , vous n'auriez pas effuyé
tant de traverfes , & vous ne feriez pas aujourd'hui dans la fituation funefte où vous vous
trouvez , & que vous avez bien
lieu de me reprocher.

J'achevois à peine de prononcer ces mots ; que *Sinoüis*
jetta un cri, & s'envola en me
difant qu'il étoit perdu ; je le
fuivis des yeux , il étoit pourfui-
vi par un Chaffeur dont l'arc
étoit tendu & prêt à le percer
d'un trait fatal. Je fifflai de
frayeur , & me traînai le plus
vîte que je pus pour lui éviter
une mort trop certaine. Tant
que le malheureux Hibou put
voler , il échappa à ce danger
funefte, mais la laffitude l'ayant

contraint de fe percher fur un
rocher, il fut bien-tôt en butte
à la rigueur de l'ennemi cruel
qui le fuivoit toujours ; il tom-
ba de l'autre côté du rocher, &
je ne le vis plus.

La rage me faifit à ce nouveau malheur, qu'avois-je alors
de plus cher que *Sinoüis*? Je réfolus de venger fa mort. Pour
cet effet je m'approchai infen-
fiblement du barbare ennemi
qui la lui avoit donnée; déja ma
tête levée fe préparoit à le percer de ma langue venimeufe,
j'ajuftois, pour ainfi dire le coup
qui devoit punir le cruel meur-
trier de cet ami chéri , lorfque
le bruit que je fis fans doute en
me gliffant fous fon bras, le fit
reculer en jettant un grand cri
à ma vûe. Mais quelle fut ma
furprife & ma fureur en recon-
noiffant dans le Chaffeur le traî-

tre *Zelimon*. Ce scélérat, ce faux
ami, cet auteur barbare de tous
les malheurs dont j'étois acca-
blé. Je fis un bond, l'atteignis
& le saisis par la jambe, & comme un liere je l'environnai de
mon corps : le Ciel te livre enfin à mon ressentiment, ô traître, m'écriai-je, reconnois en
moi *Lamekis*, prépare-toi à recevoir la punition que tu méri-
tes, une mort trop prompte ne
me vengeroit pas assez de toutes tes perfidies ; je veux te suivre en tous lieux, & que mes
embrassemens monstrueux te
présentent mille fois le jour une
fin que tu as mille fois méritée.
A ma conservation est attachée
la tienne ; tu pourrois te défaire
de moi en m'arrachant par le fer
une vie malheureureuse ; mais
songe bien que je veille, que
j'ai des yeux clairvoyans, &

qu'au moindre effort que tu fe-
ras pour me perdre , je porterai
mille coups dans ton cœur qui
te feront périr avant moi.

Zelimon treffaillit d'horreur &
d'effroi à ce difcours ; la punition approchoit au moins de
l'offenfe. Il fe mit à pleurer lâ-
chement & à me demander mi-
féricorde. Non, non, repris-je,
je ne changerai rien à mes dif-
politions ; du refte tu peux aller
& venir où bon te femblera ,
pourvû que je t'accompagne en
tous lieux.

Pendant qu'il réflechiffoit
amérement à la rigueur de fon
fort , je remerciai intérieure-
ment le grand *Vilkonbis* de fa fuprême bonté. En effet pouvoit-
elle être plus grande ? S'il m'af-
fligeoit par la privation de ce
qui m'étoit de plus cher, il me
donnoit lieu du moins de me

venger cruellement de l'auteur fatal de tous les maux que j'avois essuyés. De plus, je ne pouvois pas espérer que ce nouveau guide me serviroit à reprendre ma premiere forme, en me portant lui-même vers *Clemelis*. Il ne s'agissoit que de trouver une femme fidelle, devois-je après tout ce que j'ai rapporté de ma respectable épouse, douter qu'elle ne fît ce miracle ; ma confiance en *Zelimon* ne sembloit pas mal fondée, il n'avoit jamais cessé de l'aimer, & il étoit tout naturel de penser qu'il ne l'avoit pas perdue de vûe, & qu'il étoit informé du séjour qu'elle habitoit.

Je l'interrogeai : apprens-moi, ô le plus perfide des hommes, m'écriai-je transporté de cette idée, ce qu'est devenue *Clemelis*, & où en est le perfide amour que

que tu as ofé conferver pour elle? A cette queftion je fentis
frémir le traître *Zelimon* ; il hé-
fita à me répondre. Parle, lui
dis je en le ferrant au point de
le faire pâlir, parle, autrement
je te tourmenterai par les fup-
plices les plus cruels. Eh bien,
reprit - il en foupirant amérement, je vais vous fatisfaire, ô
redoutable *Lamekis*! mais à quoi
va fervir ce funefte aveu, qu'à
précipiter les horreurs dont
vous me menacez. Acheve,
acheve, continuai-je avec fureur, tu ne peux rien m'apprendre à quoi je ne me fois atten-
du, je te connois trop bien pour
ignorer que tu es capable des
perfidies les plus affreufes.

Zelimon tremblant s'affit au
pied d'un arbre, il m'en demanda la permiffion, il ne pouvoit
plus fe foutenir. Après avoir fou-

piré, il rapporta le commencement de fon amour pour *Cleme-lis*; il l'aimoit bien avant le tems où j'avois été uni avec elle, & convint qu'il avoit fait tous fes efforts pour empêcher cet hymen; il paffa enfuite à toutes les fuppofitions que j'ai rapportées, vint à l'événement hardi qui l'avoit introduit dans l'appartement de *Clemelis*, en fubornant à force d'intérêts une de fes femmes. Il avoua que fon exil n'avoit fervi qu'à augmenter fa paffion & à lui faire prendre des mefures plus certaines pour la fatisfaire à quelque prix que ce fût. Pour en faire naître les occafions, il avoit une feconde fois gagné une des Efclaves de *Clemelis*. O baffeffe digne des plus grands châtimens! Cette malheureufe avoit averti *Zeli-man* de l'arrivée de l'Affranchi,

& de la joye que sa Maîtresse
avoit ressentie après l'avoir en-
tretenu. *Zelimon* continua en
ces termes :

Je ne fus pas plûtôt informé
des transports que votre épouse
faisoit paroître depuis l'arrivée
de l'Affranchi , que je résolus
d'en apprendre la cause à quelque prix que ce fût. Pour cet
effet je me rendis secretement
chez cet homme, & me servis
de tous les moyens les plus sé-
duisans pour l'amener au point
de confiance où je le desirois.
Mais vains efforts ! sa fidélité &
sa discrétion furent des obsta-
cles invincibles ; je m'en irritai.
Plus on apportoit de soins à me
cacher un événement qui paroissoit intéresser si fortement
mon amour, & plus je persistai
à l'approfondir ; il n'y avoit que
la violence qui pût m'y faire

parvenir , & j'y recourus.

Pour cet effet je fis enlever l'Affranchi au milieu de la nuit; l'entreprise avoit été si bien digerée, qu'on me l'amena sans que cette violence eût fait le moindre bruit. Je le fis descendre dans une cave , où à force de souffrances , il m'avoua ce que je voulois sçavoir. Je fus transporté d'apprendre que *Clemelis* vous attendoit ; je méditai sur cela le projet de satisfaire un amour qui languissoit depuis si long-tems. Dans la crainte que l'Affranchi ne fît échouer mon dessein , si je le laissois libre , & qu'il ne se plaignît de la violence avec laquelle je l'avois traité , je lui ôtai moi-même la vie. Il n'y a que le premier crime qui coute , il y avoit long-tems que j'y étois accoutumé ; mais avant de le précipi-

ter dans la nuit du tombeau, je
lui fis écrire une Lettre à *Cleme-*
lis dans les termes que j'avois
imaginés pour la réuſſite de mon
entreprise. Il il étoit infaillible
avec cette piece que je n'é-
chouerois pas.

Je communiquai à l'Esclave
gagnée le projet que j'avois formé de m'introduire dans l'appartement de *Clemelis* au milieu
de la nuit ſous le nom de ſon
époux..... Quoi, ſcélérat, m'é-
criai-je avec tranſport, en dé-
mêlant le nœud de cette intrigue, quoi! tu aurois pouſſé la
perfidie juſqu'au point de me
deshonorer réellement? Il eſt
inutile, reprit le traître, que je
vous déguiſe rien ; il n'en ſeroit
ni plus ni moins, je n'ai que ce
moyen pour eſpérer ma grace,
je ne veux rien avoir à me reprocher pour ma conſervation,

Après ces mots le perfide reprit
de cette maniere.

L'Efclave voulut en vain me
remontrer les conféquences de
ce projet, j'étois réfolu de me
perdre, ou de me fatisfaire. La
nuit fuivante fut prife pour donner la derniere main à l'entreprife; fur la fin du jour je fis remettre par un inconnu la Lettre que j'avois obligé l'Affranchi d'écrire à *Clemelis*, qui s'ex-
primoit à peu près ainfi :

LETTRE.

*L*Amekis vient d'arriver, il
brûle du defir d'expier à vos
*pieds fes offenfes, il vous fupplie
d'ordonner à une de vos Efclaves
de lui ouvrir les portes lorfqu'elle
entendra battre trois fois des mains.
Il exige encore que fon retour foit
fecret, pour des raifons dont il vous*

fera fentir la conféquence ; & pour
éviter toute furprife, que votre appartement foit fans lumiere : il eſt
ſi tranſporté dn plaiſir raviſſant de
revoir une épouſe qu'il adore , qu'il
ne s'eſt pas trouvé en état de l'exprimer lui-même.

ZINOUK-BOUR , le plus ſou-
mis de vos Eſclaves.

Clemelis non-ſeulement lut
tranſportée de plaiſir à la rece-
ption de cette Lettre, mais même penſa faire échouer mon
deſſein par l'empreſſement qu'-
elle reſſentit de vous voir, ô
Lamekis ! Elle vouloit ſur le
champ ſe rendre chez l'Affranchi , & prévenir vos embraſſemens ſuppoſés ; ſans l'Eſclave
gagnée c'en étoit fait, mon en-
trepriſe échouoit ; mais elle lui
repréſenta avec tant d'adreſſe

de ne point faire cette démarche, en lui faisant craindre finement qu'elle ne vous déplût, qu'elle captiva ses desirs, & m'attendit comme je l'avois prévû.

Je me rendis vers le milieu de la nuit à la maison de *Clemelis* ; je battis trois fois des mains, & elle me fut ouverte. L'Esclave féduite m'introduisit dans l'appartement de *Clemelis* : cette adorable femme courut au devant de moi, se jetta dans mes bras... sa prévention heureuse.... Ah ! perfide, m'écriai-je en interrompant le scélérat, & en lui donnant mille coups qui l'étendirent par terre, reçois la punition d'un crime qu'un million de vies comme la tienne, ne pourroient expier. Ma fureur étoit portée à son dernier comble ; je fis tous mes efforts pour

pour mettre en morceaux le coupable auteur de toutes mes infortunes ; mais par un prodige qui me furprit, je ne pouvois le déchirer, fa peau étoit auffi dure (a) que fon cœur. Ma rage étoit d'autant plus affreufe, que par le récit du traître je me croyois deshonoré fans retour. Mon amour outragé par de tels endroits ne me permettoit plus de fonger à une femme pour laquelle je fouffrois depuis fi long-tems.

Enfin malgré l'oracle de *De-bahal* je me voyois condamné à refter ferpent le refte de mes jours ; cela étoit bien cruel & vraiment digne de defefpoir.

A peine me perfuadai-je que

(a) *Zelimon* avoit une cotte de maille de poiffon ; c'étoit ainfi qu'on les portoit dans ce tems, elles étoient à l'épreuve du javelot, & c'eft fur ce modéle qu'on en a fait de fer dans la fuite.

Zelimon n'étoit plus, que je me reprochai fa mort. En effet mon imprudence étoit extrême, je m'étois ôté par là la feule voye qui me reftoit de m'inftruire à fond d'un détail le plus intéreffant, quelqu'humiliant qu'il fût pour moi, & quelque lieu que j'euffe de me perfuader que mon deshonneur étoit conftaté, de certaines circonftances le rendoient plus ou moins grave ; il me reftoit à fçavoir fi ma trop crédule époufe étoit dans l'ignorance de l'infamie dont elle me couvroit, en ce cas elle étoit moins criminelle, quoique mon affront n'en fût pas moins fanglant. Je bouillois encore du defir d'apprendre fi l'auteur fcélérat de mon infortune s'étoit fait reconnoître, ou s'il avoit continué à profiter de la crédulité de *Clemelis*. Dans la fureur

dont ces idées me tranſpor-
toient, le deſir de punir l'Eſclave malheureuſe qui avoit prêté
ſon miniſtere à ces coupables
attentats, trouvoit auſſi ſa place. Jamais mortel n'a été acca-
blé de tant d'horreurs à la fois;
il falloit que j'euſſe une vie de
ſerpent pour n'y pas ſuccomber.

Je paſſai pluſieurs jours dans
un deſeſpoir ſi cruel, que je fis
tous mes efforts pour terminer
moi-même mon deſtin malheureux; il n'y eut ſorte de moyens
que je n'employaſſe pour y réuſ-
ſir; mais en vain. Le Ciel en
me métamorphoſant, m'avoit
revêtu d'une peau ſi dure, qu'il
ne me fut pas poſſible de m'arracher une vie que j'avois en
horreur. J'allois & venois comme un furieux, je ne pouvois
quitter le cadavre de *Zelimon*,
il n'y avoit pas d'inſtant que je

ne le déchiraffe de nouvelles morfures , fa vûe entretenoit mon aigreur, & je ne pouvois m'en éloigner.

Cependant quelques Bucherons pafferent par hazard près du cadavre, s'en approcherent, l'examinerent foigneufement , & après avoir donné des marques qu'ils le reconn iffoient , jetterent des cris affreux à cette vûe ; gliffé deffous une roche voifine je ne perdois pas un de leurs mouvemens & le moindre de leurs difcours. Les Païfans raifonnoient, & ils ne raifo nnent quelquefois pas mal.

Après bien des difcours & des exclamations fur la mort de *Zelimon*, à laquelle ils attribuoient bien des caufes, l'un d'eux fe détacha pour aller, difoit il , dans le Village prochain en avertir fa famille & fes gens.

Après son départ ceux qui restoient , s'entretinrent confidemment de cet accident. C'est une punition que cette mort imprévûe, s'écria le plus âgé ! *Zelimon* ne craignoit point le Ciel, étoit dur & barbare envers ses inférieurs, & se portoit contr'eux aux dernieres extrémitez, pour peu qu'il crût en avoir de sujet. Depuis que notre grand Roi, continua ce bon homme, l'a exilé dans sa terre, il n'a cessé de nous tourmenter tous, & de nous faire partager cruellement un certain chagrin qui le dévore & dont on ignore la cause. Oh ! je m'en doute bien moi , interrompit un des des Païsans, & je gagerois *Trik-&-ba* (1) que je ne me trompe pas. Pour vous faire voir que je ne me trompe pas , continua-

_____
(a) Mon bien & ma Maîtresse.

t'il en frappant de la main fur
une pierre où il étoit appuyé,
je vais vous conter ce qui m'eſt
arrivé ces jours paſſés, & vous
jugerez enſuite ſi j'ai grand tort
de me vanter d'en ſçavoir tant.
Les Bucherons à ce diſcours
l'environnerent , & le Païſan
conta ainſi l'aventure dont il
s'agiſſoit.

Il y a environ un mois qu'une
nuit en dormant d'un profond
ſommeil, je fus réveillé en ſur-
ſaut par *Zelimon* lui-même ; il
portoit une lanterne ſourde à la
main, & avoit l'air d'un homme
qui a couru & qui s'eſt échauf-
fé ; il me preſſa de me lever, de
le ſuivre & de prendre avec
moi des outils de ma profeſſion.
Je connois ta diſcrétion , me
dit-il en chemin, je t'ai choiſi
pour me rendre un ſervice , &
je t'en récompenſerai ; mais ſi

tu es affez hardi pour qu'il t'ar-
rive jamais d'en tenir le moindre propos, ta vie me vengera
de ta defobéiffance. A cela il
n'y avoit rien à repliquer, il me
fit defcendre dans une cave profonde, où il m'employa quelques jours à y arranger un appartement, & il m'aidoit lui-
même toutes les nuits; nous le
meublâmes des meilleurs de fes
meubles, il n'y manqua rien
au bout de quatre jours; nous
en paffâmes autant à mettre les
portes en bon état; il y fit faire
des ferrures & des verrouils
dont la groffeur faifoit trem-
bler, je m'en étonnois quelquefois à part moi. Il veut fans doute, me difois-je, enfermer ici
quelqu'un qui l'a offenfé, & il
faut que celui-là foit d'importance, car il ne prendroit pas
tant de foin pour le mettre à fon

aife. En effet , hors la liberté ;
toutes les commoditez de la vie
y étoient en abondance , c'étoit
un vrai plaifir.

J'aurois bien voulu fçavoir
bonnement le nœud de cette
aventure ; j'en hazardai une fois
quelques mots , mais il les re-
bouroit par un air fi farouche &
fi fier, que je n'ofai y retourner
davantage.

Après que tout fut dans l'é-
tat qu'il avoit defiré , il me ren-
voya en me renouvellant la dé-
fenfe qu'il m'avoit faite d'être
difcret,avec les mêmes menaces
dont il les avoit accompagnées
la premiere fois. Je n'ai eu garde
d'y manquer, il ne m'auroit pas
épargné, vous le connoiffez tous
auffi bien que moi , & c'eft
affez.

Le rapport de ce Païfan me
fit une impreffion extraordinai

re : fans bien démêler quelle for-
te d'intérêt je prenois dans cette
hiftoire, je formai fur le champ
la réfolution d'éclaircir un fait fi
intéreffant. Pour cet effet, dès
que les Bucherons furent partis,
je me gliffai dans les habits de
Zelimon. On viendra fûrement
l'enlever d'ici, me difois-je, on
ne s'appercevra pas que j'y fuis,
on le portera chez lui, & lorfque
j'y ferai, il ne me fera pas diffi-
cile de pénétrer dans cette cave
myftérieufe. Un certain je ne
fçai quoi me le faifoit fouhai-
ter avec ardeur, & me donnoit
un defir violent de réuffir dans
mon projet.

J'attendois avec impatience
le quart d'heure où l'on devoit
arriver, il ne venoit point, la
moitié de la nuit étoit prefque
paffée fans que perfonne parût.
Je commençois à en defefpérer

lorſqu'au point du jour, j'entendis un bruit qui m'annonça l'arrivée des gens du ſcélérat *Zeli-*
mon ; en effet c'étoit eux ; ils
conduiſoient ſur un char un *tou-*
kam-bouk (a) pour y dépoſer le
cadavre de leur Maître ; les
Pleureurs marchoient à la tête
du convoi, & ils étoient ſuivis
d'un nombre prodigieux d'habitans qui jettoient des hurle-
mens affreux.

A peine furent-ils arrivés, qu'ils
firent un cercle autour du mort.
Le ſilence alors ſuccéda, &
chacun des Chefs de la cérémonie lugubre vint l'un après l'autre lui demander ſelon (b) l'uſa-

___

(a) Cercueil d'une ſtructure ſinguliere.
C'étoit une eſpéce de tonneau fort profond, dans lequel on mettoit le cadavre
debout, & qu'on rempliſſoit d'aromates,
afin de le conſerver.

(b) Lorſqu'un Abdalois avoit payé le
tribut à la nature, on le déchauſſoit, on lui

ge, s'il étoit mort ; pourquoi il
avoit quitté la vie & fes dernieres volontez ; & à toutes ces
queftions le cadavre ne branla
pas. Après la cérémonie du préfent (*a*) il fut enlevé & mis dans
le *tou-kam-bouk* & moi avec lui.
Le char traîné par des Efclaves (*b*) partit enfuite comme un
trait d'arbalette, les relais firent
leur devoir, & en moins d'une
heure nous nous trouvâmes à
un Château dont la grandeur &
la majefté me furprirent.

mettoit les pieds dans l'eau ; & enfuite on
l'habilloit de fa tunique la plus précieufe,
alors tout le monde entroit, & lui faifoit
les queftions qui on donné lieu à la note.
  (*a*) Ce préfent étoit un dé, une éguil-
le, du fil & des cifeaux, afin de pouvoir
raccommoder fes habits en cas qu'ils fe
déchiraffent en chemin.
  (*b*) Les Efclaves étoient obligés non-
feulement de traîner leur Maître dans le
tombeau, mais même d'y laiffer chacun
un de leurs membres, comme la tête, le
bras ou la jambe.

Après les cérémonies du deuil, on fufpendit le *tou-kam-bouk* (*a*) dans l'appartement qu'avoit habité *Zelimon* , felon la coutume ordinaire. Dès qu'il fut nuit , & que les *Guer-ma-ka* (*b*) fe furent endormies , je mis la tête hors du tombeau pour examiner de quelle maniere j'en defcendrois , & dans la crainte de me faire du mal , je m'élançai fur l'une des *Guer-ma-ka* qui en fe réveillant en furfaut , fut fi effrayée de mon apparition , qu'elle en mourut fubitement.

Je m'en embarraffai peu , à

_____

(*a*) On attachoit une corde au platfond à un crampon deftiné à cet effet ; & afin que le mort ne s'ennuyât point, on le faifoit balancer fans ceffe , & il étoit d'humanité d'aider à ce travail , c'étoit une preuve de vénération pour le défunt.

(*b*) Femmes qui s'enivroient pour faire rire le mort. Il n'y avoit que les Grands à qui cette diftinction fût accordée.

cauſe de la gloire (*a*) que je lui faiſois acquérir. Je deſcendis un eſcalier, j'examinai où étoient les ſoupiraux des caves, & après en avoir rencontré, j'entrai dans le premier qui s'offrit à mes regards. Je jugeai par une foible lumiere qui parvint juſqu'à moi, que le hazard m'avoit choiſi celui que je recherchois avec tant d'empreſſemens. Mais au lieu de me trouver comme je m'en flatois dans l'appartement dont il m'avoit été parlé, je reconnus que je n'étois que dans la route qui y aboutiſſoit. Cette lumiere provenoit des lampes pendues pour en éclairer les paſſages.

Après un chemin aſſez long

(*a*) C'en étoit une que de mourir de mort violente chez les Abdalois; ils prétendoient que c'étoit une preuve que le Soleil avoit beſoin d'eux, & les choiſiſſoit pour l'accompagner dans ſa courſe.

dans ces caves fouteraines, j'arrivai à une porte qui me parut celle de l'appartement defiré. Ce fut en vain que je voulus pénétrer dans les lieux dont elle donnoit l'entrée ; elle étoit fi exactement fermée, qu'il n'étoit pas poffible, quelqu'effort que je prétendiffe faire, de m'y gliffer. Pendant que j'examinois de tous mes yeux, des plaintes qui fe firent bientôt entendre, me firent prêter l'oreille avec beaucoup d'attention. O Ciel, il me fembla reconnoître la voix qui les proféroit, je la crus de *Clemelis* ; le cœur me battit, je voulus écouter, mais en vain, l'épaiffeur de la porte étoit un obftacle invincible; j'étois furieux, je me plongeois dans un abîme de réflexions. Comment fe peut-il, me difois-je, que cette femme foit dans cette prifon obf-

cure, ne me trompai-je point ?
Quelle apparence que *Zelimon*
l'ait engagée à le suivre dans
d'aussi tristes lieux, ou l'ait enle-
vée au milieu de ses gens &
d'une Ville si peuplée? Ou *Cle-*
melis est la plus malheureuse de
toutes les femmes, ou la plus
scélérate. Mais pourquoi cette
défiance, ignorai-je quel est le
traître *Zelimon*, reprenois-je ?
sa conduite odieuse, ses prati-
ques perfides ne sont-elles pas
plûtôt la cause d'un événement
si cruel? Attendons à juger que
nous soyons mieux éclaircis ;
l'expérience ne doit-elle pas
m'avoir corrigé? *Clemelis*, après
les soupçons qui paroissoient les
mieux fondés, s'est trouvée innocente, ne se pourroit-il pas
que les mêmes apparences eus-
sent la même solution? Si cette
épouse infortunée m'a été fidel-

le dans les tems où elle croyoit
ma perte certaine , n'ai-je pas
lieu de préfumer qu'inftruite de
mon fort, elle me confervera
une foi dont elle a tant de preuves que je fuis jaloux ? Ces idées
me raffuroient & affoibliffoient
le cruel détail dans lequel étoit
entré *Zelimon* quelques momens avant fa mort. L'amour
prenoit le parti de *Clemelis*, il
dominoit toujours dans mon
cœur.

Plus je trouvai d'obftacles à
pénétrer dans ce lieu defiré, &
plus je fis d'efforts pour y parvenir; je ne trouvai point d'autre moyen que celui de fouiller
la terre & de tâcher de m'ouvrir un paffage fous la porte.
Le travail fut long & épineux,
quoique ferpent j'avois confervé de la délicateffe , le tact
& l'odorat fouffroient comme
quand

quand j'étois homme, j'en avois retenu toutes les facultez & tous les fentimens. L'on a beau changer d'état, l'on conferve toujours les premiers préjugés.

Deux jours furent employés à ce pénible travail, & j'étois prefqu'à bout lorfque j'entrevis enfin de la lumiere, il étoit tems; mes forces épuifées reprirent alors de la vigueur, & me firent enfin pénétrer dans un endroit fi cher à mon cœur. Je le parcourus d'abord des yeux, & y cherchai la caufe de tant de peines & de foins. Un lit dont les rideaux étoient tirés, me donna lieu de croire qu'il renfermoit l'objet de mes defirs. Si j'en avois cru mon premier mouvement, je m'y ferois d'abord rendu. Mais hélas! un retour fur moi-même me retint, quel effroi ne devoit pas caufe

VIII. Partie. **H**

ma monftrueufe apparition ?
n'étoit-elle pas faite pour gla-
cer les fens de ma chére époufe,
fuppofé que ce fût elle qui fût
renfermée dans ces lieux ? Un
Serpent de ma taille étoit un
objet bien affreux; à peine ofois-
je m'envifager moi-même, comment auroit-elle pû foutenir ma
préfence ? J'aurois bien defiré
cependant me convaincre de
mes foupçons ; je ne trouvai pas
de moyen plus naturel que celui de paffer adroitement dans
la ruelle de ce lit, & d'envifager en me cachant, la perfonne
que je foupçonnois y être renfermée. Je m'y gliffai, mais vainement, il étoit vuide, & je ne
tardai pas à connoître par des
plaintes qui vinrent jufqu'à moi,
& qui partoient d'un cabinet
voifin, que mes conjectures n'é-
toient pas vaines. C'étoit *Cleme-*

lls elle-même, je la vis rentrer dans la chambre où j'étois. Malgré la tristesse dans laquelle je la vis plongée, & un abbattement extrême, elle conservoit toutes les graces qui l'avoient toujours distinguée de ses semblables. O Ciel, que ne souffris-je point en la considérant! Elle pleuroit amérement, & proféroit les discours les plus chers & les plus touchans à mon cœur. J'étois l'objet de ses larmes, elle m'appelloit à son secours, m'assuroit de l'amour le plus fidéle & le plus tendre, & sans rien expliquer, j'avois tous les lieux du monde de me flater que mon honneur étoit à couvert des taches horribles que le traître *Zehmon* m'avoit laissé entrevoir.

Le charme de retrouver une épouse si adorable, avoit con-

centré toutes mes idées, & m'a-
voit empêché de faire une réflexion judicieufe ; elle fe fit
quelques momens après, & me
jetta dans l'état le plus affreux.
Ma métamorphofe devoit ceffer en rencontrant une femme
chafte & fidelle ; j'étois auprès
de *Clemelis*, & je reftois Serpent.
O Ciel.. que devins-je après ce
moment ! Mes fens fe glacerent
peu-à-peu, la chaleur s'éteignit
en moi, & je perdis entiérement
le fentiment..

J'ai dit que je m'étois gliffé
dans le lit de *Clemelis*, fans doute que le charme qui devoit me
rendre ma premiere forme, con-
fiftoit d'être touché par celle qui
devoit l'opérer ? Quoi qu'il en
foit, en reprenant mes fens, je
me retrouvai tel que je devois
être, mais fans autre vêtement
que la peau de Serpent que je

venois de quitter, qui me fervoit de ceinture. Mon premier
mouvement fut de remercier le
Ciel de la faveur infigne qu'il
me faifoit ; le fecond , de me
jetter aux pieds de ma *Clemelis*.
J'étois tranfporté de la joye la
plus pure, ce qui venoit de m'arriver, me prouvoit fa fageffe &
fa fidélité ; je parcourois fon appartement dans le deffein de
lui exprimer tous les fentimens
dont j'étois agité. Mais hélas !
je n'étois pas encore à la fin de
mes malheurs. *Clemelis* ne fe
trouvoit pas, & je ne pouvois
comprendre par quel prodige
nouveau elle étoit ainfi difpa-
rue; il me fembloit qu'un fort
fatal s'oppofât fans ceffe à notre
réunion.

Cette joye à laquelle je venois d'être fenfible, fut de bien
courte durée, lorfque je ne pus

plus douter que mon adorable épouse étoit disparue; j'eus beau presser mon imagination pour tâcher de démêler par quel miracle je ne la retrouvois plus, je fis de vains efforts. Tout étoit fermé si exactement, qu'à moins de soupçonner une métamorphose semblable à la mienne, je ne pouvois penser qu'elle m'eût quitté par les voyes ordinaires. Cette réflexion me replongea dans la douleur. O Ciel! m'écriai-je, jusqu'à quand me persécuterez-vous?

En effet, mon sort pouvoit-il être plus déplorable? je me voyois de nouveau en proye aux plus horribles extrémitez, en prison nud comme la main, sans alimens pour soutenir ma vie malheureuse, que devois-je donc devenir, & à quoi le Ciel me destinoit-il? Ces cruels envisagemens de moi-même m'attendrirent peu-à-peu, mes soupirs devinrent plus fréquens, & je m'en trouvai à la fin si suffoqué, que pour me soulager, je me mis à pleurer amérement.

Je passai trois jours & trois nuits dans cet état affreux ; sur la fin de la quatriéme j'entendis ouvrir mes verrouils, je levai la tête en attendant avec impatience qui venoit me visiter. Je me flatai un moment que c'étoit *Clemelis* ; mais quel fut ma surprise de reconnoître à l'ouverture de la porte ce même *Simoüis*, que j'avois vû Hibou, & que j'avois cru mort : il étoit enchaîné comme une bête féroce, & suivi d'une troupe de *Calambis*, (4) mais ce qui me jet-

(4) Atchers ou Gardes qui arrêtoient & veilloient les crim nels ; il ne leur étoit permis d'avoir qu'un œil, ils portoient

ta dans une furprife extréme ;
étoit qu'il avoit confervé le bec
de Hibou. A peine m'eut-il en-
vifagé, qu'il jetta un cri d'étonnement & de joye, leva fes bras
appéfantis de fers & voulut venir à moi ; je le prévins. Quoi !
je vous retrouve, mon cher *Si-*
noüs, m'écriai-je en le ferrant
tendrement dans mes bras ,
quoi ! c'eft vous que j'ai cru
mort & pour qui j'ai tant verfé
de pleurs? Les *Culambis* ne nous
donnerent pas le tems d'en dire
davantage, ils fe jetterent fur
moi, me chargerent à mon tour
de cruels liens, & fe retirerent
fans vouloir m'apprendre par
quel ordre j'étois traité fi inhu-

l'autre pendu au col ; c'étoit la marque de
leur office. Lorfqu'ils arrétoient quelqu'un,
ils lui donnoient un fouflet en lui difant:
Vive la liberté On ne fçauroit ètre trop
clair lorfqu'il s'agit d'inftruire un Lecteur
curieux.

maine-

mainement. Tout ce qui m'arrivoit, étoit si extraordinaire & si peu sujet à la vraisemblance, que je m'en étonnai moins que je ne l'aurois dû ; d'ailleurs la présence de *Sinoüis* occupoit toute mon attention.

Nous fumes long-tems l'un & l'autre à garder le silence, & à nous observer réciproquement ; enfin il le rompit pour me demander par quel prodige je me trouvois enfermé dans l'endroit où il me trouvoit. Pour le satisfaire, je lui rapportai tout ce qui m'étoit arrivé depuis l'instant de notre séparation. Ce récit au lieu de le consoler de ses malheurs, lui arracha des larmes. O *Lamekis*, s'écria t'il, à quoi donc sommes-nous destinés ? que signifient tant de peines & de traverses, y serons-nous toujours en butte, ne cesseront-elles jamais? Après cette exclamation il jetta un profond soupir, & me rapporta en ces termes sa derniere aventure.

Après le trait fatal dont vous me vîtes percer, ô *Lamekis*! je tombai dans un lac qui se trouvoit derriere le rocher; cet événement me sauva la vie. Un Pêcheur dans sa nacelle, qui jettoit ses filets, & à côté duquel je fus précipité, me releva, & me donna à un petit garçon pour lui servir de jouet, & pour appaiser ses pleurs enfantins. Cet enfant m'arracha le trait qui me traversoit, & à force de me tourmenter, me fit revenir de ma foiblesse; mais le cruel me fit payer cher cette faveur. Il se mit pour se divertir, à m'arracher les plumes les unes après les autres, & à chaque cri que fa douleur m'occasionnoit , il rioit de toutes ses forces ; s'il m'en étoit resté assez pour me venger, je lui aurois donné mille coups de bec dans le visage ; mais à peine pouvois-je me soutenir ; il ne cessa point de me plumer qu'il ne m'eût dépouillé & mis nud comme la main.

Je ne sçavois à quel dessein ce maudit enfant me réduisoit dans un si déplorable état , & j'attendois impatiemment qu'il lui plût de cesser ses rigueurs , lorsqu'il souffla dans un réchaud de charbon allumé , en disant au Pêcheur qu'il alloit me rôtir & me manger à son déjeûner. En effet, il m'étendit sur le charbon ; ma douleur extrême me prêta des forces, je jettai un cri aigu, & fis un bond si heureux, que je sautai dans le lac.

L'enfant s'en étant apperçu,

se mit auffi à crier & à fupplier
fon pere avec larmes de lui rendre fon déjeûner, & de courir
après moi. Il fit en effet fes efforts pour m'atteindre ; mais
tout foible que j'étois, je m'é-
loignai avec tant de vîteffe, qu'il
lui fut impoffible de me rattrap-
per. Cependant j'évitois un danger pour en courir un autre.
Cent poiffons de diverfes figures me fuivoient à fleur d'eau,
& faifoient tous leurs efforts
pour me dévorer ; leur nombre
feul retardoit & empêchoit ce
malheur, en fe difputant ma
proye, ils prolongeoient ma
fin. A peine l'un d'eux m'avoit-
il faifi par les pattes, que les autres fe jettoient fur lui & l'obli-
geoient à me lâcher. Ce mané-
ge dura affez long-tems, & me
fatigua à un tel point, que j'é-
tois prêt à fuccomber.

Un chien qui vint se desalté-
rer au bord du lac, & qui m'en-
trevit, vint changer la forme de
mon supplice ; je lui parus un
appas friand, il se mit à la nage,
tira droit à moi , me saisit au
travers du corps, & me rapporta de l'autre côté. Il m'avoit mis
à terre, & me considéroit avec
le dessein sans doute de faire un
bon, ou un mauvais repas de
mon corps ; déja il me léchoit,
& me retournoit de son né pour
appuyer sa dent meurtriere dans
les endroits qui lui plaisoient davantage lorsqu'une voix, qui s'é-
cria *tok-brifs*, (a) fit retourner la

(a) *Tout beau*. Presque tous les Sçavans
conviennent de la précision avec laquelle
l'Auteur a rendu la douceur de ce mot.
Cependant un Illustre de nos jours l'ex-
plique bien autrement, il dit que *tok* veut
dire ton, & *brifs* frais, par conséquent *tok-
brifs* signifieroit d'un ton frais, ce qui ne
paroît pas vraisemblable. Il falloit que ce
Sçavant aimât ce poisson, & qu'il fût bien

I iij

tête au chien, & me fauva la vie;
c'étoit le maître de ce chien, il
avoit un arc & des fléches, &
chaffoit fans doute fur les en-
virons du lac : il s'approcha de
moi, me confidéra, & fe retira
en difant à fon chien, fur la tête duquel il appuya la main, fi!
Je crus en être quitte à ce prix;
en effet le chien fuivoit fon maître, & ne paroiffoit plus fonger
à moi.

Il avoit bien tourné la tête
plufieurs fois de mon côté, mais
je ne m'en inquiétois point,
quand tout-à-coup il prit fa
courfe, & parut la gueule ouverte pour m'emporter, & me
ronger fans doute à l'infçu de
fon maître dans quelque coin.
J'en fus fi effrayé, que je m'é-

aife de s'en rappeller l'idée toutes les fois
que fon imagination pouvoit y donner
lieu.

criai de toutes mes forces *tok-
brifs*, *tok-brifs*! Le chien s'arrêta, & le maître qui étoit à tren-
te pas, se retourna & chercha
des yeux comme pour apprendre d'où provenoit la voix qu'il
venoit d'entendre. Le chien
étoit en arrêt de tems en tems,
il vouloit me piller ; mais m'é-
tant bien trouvé d'avoir parlé,
je le faisois toutes les fois que
ma vie étoit en danger, je m'en
trouvois trop bien pour y manquer.

Cependant le Chasseur dont
l'inquiétude étoit extréme, &
qui ne pouvoit concevoir d'où
venoit le *tok-brifs* qu'il entendoit prononcer à tous momens,
s'approcha enfin de son chien
& de moi, & s'apperçut bientôt
d'où partoit la voix. Il recula
de surprise & d'effroi lorsqu'il
fut convaincu qu'elle venoit de

moi, & me demanda avec un
air tremblant la caufe d'un phé-
nomene fi extraordinaire. Il me
vint dans l'idée une réponfe qui
parut convenable à ma fituation
préfente ; je me dis avoir été éle-
vé par un grand Philofophe qui
m'avoit appris à parler, & qui
avoit trouvé le moyen de dé-
brouiller mon inftinct. Cette réponfe raffura le Chaffeur, & il
trouva ma rencontre fi précieufe, qu'il me releva, me mir dans
fon chapeau, me couvrit de fon
mouchoir en me flatant, & en
me difant qu'il m'alloit rendre
l'oifeau le plus heureux de la
terre. Je ne crus pas devoir répondre à ce difcours, & encore moins parler fi fouvent, dans
la crainte d'encourir de nouvelles difgraces ; il fuffifoit que
j'euffe trouvé ce moyen pour
conferver mes jours ; quelques

malheureux qu'ils fuſſent, je ne pouvois me réſoudre à les perdre. Cela paroît incroyable, ô *Lamekis*! mais j'avoue ma foibleſſe, je n'ai jamais pû prendre ſur moi de mourir de ſens froid.

Le Chaſſeur me porta en un Château voiſin, me préſenta à manger, nettoya ma playe, & eut de moi un ſi grand ſoin, qu'au bout de quelques jours je me retrouvai en parfaite ſanté. Mes plumes même commençoient à me repouſſer, & je ne tardai pas à me retrouver l'un des Hiboux du pays le mieux vêtu ; je me trouvai ſi bien en comparaiſon de ce que j'avois été précédemment, (à la réſerve de l'inquiétude de ce que vous étiez devenu, ô *Lamekis*,) que j'entretenois la bonne volonté que l'on avoit pour moi

en parlant de tems en tems,
avec cette précaution cependant de ne point paroître trop
raifonnable, dans la crainte que
ce prodige ne donnât lieu à de
trop férieufes réflexions ; cette
conduite me réuffit. Dans l'efpérance de me faire parler, il n'y
avoit point d'attention qu'on
n'eût pour moi ; j'étois miton-
né comme l'oifeau le plus précieux.

Toutes les fois que mon maître fortoit, il m'enfermoit dans
une cage, & prenoit toutes les
précautions poffibles pour que
je ne lui fuffe point volé. Un
jour qu'il avoit été plus long-
tems qu'à l'ordinaire à me revoir, il revint accompagné d'un
homme que je reconnus à fon
difcours, pour être le fcélérat
dont vous m'avez tant parlé, ce
Zelimon, auteur de vos difgra-

ces. Si j'avois eu autant de forces, que je ressentis d'indigna-
tion à cette connoissance, vous
n'auriez pas eu le plaisir de vous
venger de ce traître, je l'aurois
mis en morceaux.

Le Chasseur qui lui apparte-
noit, à ce que je compris par
leurs discours, l'avoit mis au fait
de ce qu'il prétendoit que je
valois. C'est un vrai présent à
faire à la Reine, disoit-il, il est
unique, jamais oiseau de son
espéce n'a parlé, & qui plus est,
avec tant de raison ; voilà un
moyen infaillible pour rentrer
en grace. J'en conviens, reprit
Zelimon, mais voilà vingt fois que
je me cache pour être témoin
de ce que vous me dites, sans
être assez heureux pour en pouvoir juger par moi-même, & af-
surément je ne me hazarderai
point à faire la démarche dont

il eſt queſtion, que je n'en ſois
poſitivement aſſuré.

Ce qui venoit d'être dit, me
frappa, je me ſentis un deſir extréme de changer mon ſort, il
me ſembloit qu'il ſeroit plus
doux lorſque j'appartiendrois à
cette Reine qu'on ne nommoit
pas. Dans cet eſprit je crus devoir parler, & je le fis ; le peu
de mots énoncés de ma part,
ſe trouva ſi convenable à ce qui
venoit d'être dit , que *Zelimon*
m'en parut tranſporté.

Ne parlons point de préſent
à la Reine, s'écria-t'il en enle-
vant ma cage, celui-ci me paroît trop précieux pour le donner à d'autres qu'à celle qui regne dans mon cœur; tu connois
mes emportemens pour cette
adorable femme, pour laquelle
je ſoupire depuis ſi long-tems,
& à qui ma paſſion a donné des

fers ; tu ſçais à quels excès je me
ſuis porté juſqu'aujourd'hui ;
voilà un vrai moyen pour me
faire regarder d'un œil plus
doux. Cet oiſeau ſervira à l'a-
muſer dans ſa priſon, & peut-
être à quelque choſe de mieux ;
je me ſuis preſcrit un tems pour
amener cette cruelle femme au
point où je la déſire ; je lui en ai
donné ma parole, je ne veux rien
négliger de ce qui pourra con-
tribuer à la remplir dignement;
mais après cela û j'uſe des droits
que je me ſuis acquis en l'enle-
vant, qu'elle ne s'en prenne qu'à
elle ſeule, je n'aurai plus rien à
me reprocher.

En prononçant ces paroles,
qui ne me parurent pas du goût
du confident, quoiqu'il feignît
d'y applaudir, *Zelimon* m'em-
porta, paſſa dans ſon appartement, y prit de groſſes clefs en-

fermées dans un cabinet, leva
une trape, & defcendit un ef-
calier éclairé par des lampes
fufpendues. Je ne fçavois que
penfer de toutes ces chofes ;
nous enfilâmes pluſieurs caves
les unes après les autres ; il s'arrêta enfin à une porte qui me
parut de fer, il l'ouvrit, & nous
entrâmes dans un appartement
magnifiquement meublé.

Il étoit compofé de plufieurs
pieces , nous les traverfâmes
fans y trouver perfonne ; mais
à la derniere que vis-je, ô *Lamekis* ! cette adorable *Clemelis* l'objet de vos defirs. Je n'en pus douter, fon nom fut prononcé , &
je l'aurois reconnue au portrait
que vous m'en avez fait fi fouvent. Ses larmes répondirent au
compliment de *Zelimon* ; elle
le regarda moins comme un
amufement, que comme un au-

gure qui lui annonçoit la con-
tinuation de ſes malheurs ; elle
s'abandonna à mille plaintes
améres, traita ſon raviſſeur de
tous les noms qu'il méritoit, &
lui jura qu'elle ſe donneroit elle-
même la mort s'il oſoit encore
ſe préſenter à ſes yeux.

Malgré la cruauté de ce trai-
tre, il ſe retira & obéit ; cependant avant que de la renfermer,
il lui dit qu'il ſeroit docile à ſes
ordres juſqu'au jour qu'il lui
avoit accordé, mais que paſſé
le tems, il prétendoit à ſon tour
voir reconnoître ſes égards.
Clemelis ne daigna point répondre à ce diſcours & continua à
s'abandonner à ſa douleur.

Cette ſituation amére me rap-
pella la mienne, & me jetta
dans l'accablement. O Ciel,
m'écriai-je, ſans faire attention
que j'étois devant *Clemelis*, ſa

peut-il que tu puiſſes te complai-
re à faire des malheurs ? Quoique votre reſpectable épouſe
dût s'attendre à m'entendre parler, puiſque *Zelimon* l'en avoit
prévenue, elle jetta un cri d'é-
tonnement & d'effroi. Raſſu-
rez-vous, lui dis-je, ſi le deſtin
vous pourſuit, vous n'êtes pas
la ſeule en proye à ſes rigueurs ;
Lamekis cet époux fidéle, continuai-je, en eſt une preuve bien
fatale.... *Lamekis*, s'écria *Clemelis* en me regardant avec
frayeur; eh, comment ſe peut-
il que vous ſoyez inſtruit de ſon
ſort ? Remettez-vous, *Clemelis*,
pourſuivis-je.... Ah ! je n'en
ſuis pas la maîtreſſe, oiſeau trop
adorable, repartit *Clemelis* en ſe
laiſſant aller ſur une pile de
carreaux, vous m'étonnez trop
prodigieuſement pour ſurmon-
ter mon effroi ; je ne ſuis point
accoutu-

accoutumée à des événemens aussi miraculeux. Qui êtes-vous, vous qui me connoissez si bien? Faites cesser au plus vîte une incertitude cruelle, il n'y a que cela seul qui puisse me rassurer.

Je me pressai de lui dire qui j'étois. A peine m'eus-je annoncé pour votre ami & pour votre confident, qu'elle me demanda en tremblant par quel prodige j'avois changé de forme, & en quel lieu je vous avois laissé. Je satisfis pleinement à ses desirs, elle m'écoutoit avec une attention qui prouvoit son amour pour vous & sa surprise. Mais lorsque j'en vins à votre métamorphose, elle joignit les mains, fixa les yeux au Ciel & demeura si long-tems dans cette attitude, que je la crus pétrifiée. Je l'appellai plusieurs fois, enfin elle me répondit par ſes larmes, elles la ſuffoquoient, elle fut plus d'une heure ſans pouvoir proférer une ſeule pa-role.

Un cœur vraiment compa-tiſſant oublie ſes propres maux pour s'attendrir de ceux des per-ſonnes qui l'intéreſſent. J'em-ployai tout mon zéle pour con-ſoler l'aimable *Clemelis*, & pour y parvenir, je lui fis eſpérer que le Ciel vous rameneroit un jour auprès d'elle, & que vous lui feriez redevable de la fin de vo-tre métamorphoſe & de vos malheurs. Cette idée parut la calmer. Ah! s'écria-t'elle, ſi ce bonheur dépend de la foi que je lui ai conſervée, *Lamekis* ceſ-fera un jour d'être Serpent ; le Ciel juſqu'ici a protégé ma ver-tu, malgré les aſſauts terribles & ſéduiſans qu'elle a eus à ſou-tenir, je la crois pure. Cela eſt

certain , repris-je , confolez-
vous , ô *Clemelis* , confolons-
nous, le grand *Dehahal* nous a
promis que nous reprendrions
Lamekis & moi notre premiere
forme ; il eft trop grand & trop
refpectable pour s'être abaiffé à
vouloir nous tromper.

Nous paffâmes trois jours en-
tiers *Clemelis* & moi à nous rapporter réciproquement tout ce
qui nous étoit arrivé. Comme
il eft à préfumer, ô *Lamekis*, continua *Sinoüis* , que vous n'êtes
pas informé de ce qui fuivit l'entreprife odieufe de *Zeliman*, lorfqu'il s'introduifit fous votre
nom dans l'appartement de votre époufe adorable , & que
dans le récit que vous m'avez
fait de l'aveu forcé de ce traître,
la mort que vous lui donnâtes ,
en interrompit le détail : le voi-
ci , c'eft *Clemelis* qui parle , je fe-

K ij

rai mes efforts pour vous rapporter jufqu'à fes propres ex-
preffions.

Malgré les preuves que j'a-
vois de vertu de mon adorable
époufe, l'idée de ce détail me
fit pâlir. Eh bien ! m'écriai-je
d'une voix entrecoupée , par
quel miracle s'arracha-t'elle des
bras de ce malheureux ? C'eft
ce que vous allez apprendre ,
continua *Sinoüis* , ne tremblez
point, votre honneur avoit été
confié en des mains trop fages ,
pour qu'il pût vous être ravi.

Malgré la prévention agréable où j'étois que j'embraffois
mon époux, continua *Clemelis* ,
je me fentis tout-à-coup une
certaine répugnance qui ne me
parut point naturelle ; mes tranfports s'affoibliffoient infenfible-
ment, un je ne fçai quoi s'oppo-
foit fecretement à l'ardeur des

defirs qui m'étoient exprimés,
& pour y répondre, il auroit
été nécessaire que j'eusse eu recours à cet art imposteur qui
décore le dehors des sentimens
qui n'existent point dans l'inté-
rieur. Je m'en sçus d'abord le
plus mauvais gré du monde, je
pris pour ressentimens des sujets que j'avois de me plaindre
de mon époux, ce qui n'étoit
qu'un effet du pressentiment.
Plus je devenois froide, & plus
celui qui me paroissoit mon
époux, me donnoit d'assurance
de son amour. Je me trouvai
tout-à-coup dans un état si pénible, que je sentis mes genoux
plier sous moi; j'eus recours à
l'artifice pour dérober ma froi-
deur, je dis que je me trouvois
mal, & je le feignis; je voulois
avoir le tems de respirer, & de
me demander la cause d'un état

fi furprenant, je n'avois garde
de la foupçonner.

Cependant mon époux pré-
tendu dans la confiance que j'a-
vois perdu le fentiment, s'éloigna avec vivacité,& reparut un
moment après avec un flambeau d'une main, & une bou-
teille remplie fans doute d'éli-
xir, pour me rappeller à la vie.
J'entrouvris les yeux dans l'efpérance qu'une vûe fi chére me
rendroit mes tranfports expi-
rans; je crus ne les avoir pas affez ouverts , puifque je ne re-
connoiffois pas des traits fi bien
confervés dans mon cœur; fixer
mon regard, & jetter un cri affreux fut la même chofe. Ah!
fcélérat, m'écriai-je en recon-
noiffant *Zelimon*, & en me levant avec fureur, voilà donc
de tes tours criminels & perfides? Garde-toi bien de m'ap-

procher, je sçaurois t'ôter une vie qu'il y a long-tems qui t'auroit dû être arrachée. Le traître dans la surprise extréme où il fut d'être découvert, laissa tomber son flambeau qui s'éteignit. Je me mis à jetter alors des cris si affreux, que tout le monde accourut. *Zelimon* dans la crainte d'être arrêté, s'enfuit, & me débarrassa enfin de son horrible présence.

Je fis tant d'informations dans mon domestique, que je découvris enfin la scélérate Esclave qui m'avoit trahie ; je la mis dehors avec tous les desagrémens qu'elle méritoit ; & pour ne point courir à l'avenir de pareils risques, je pris la résolution de ne jamais me coucher que je ne fusse enfermée. Après les deux entreprises téméraires de ce perfide *Zelimon*, je ne pouvois trop

me tenir fur mes gardes, j'en fis
de nouveau mes plaintes au
Roi ; fans *Boldeon* j'aurois été
vengée, mais fa grace en cette
confidération lui fut accordée,
à condition qu'il ne remettroit
jamais les pieds à la Cour.

Plufieurs mois s'étant paffés
fans que j'euffe entendu parler
de lui, je me flattois que je ne
ferois jamais dans le cas d'en
rien redouter, lorfqu'une nuit
dormant d'un profond fom-
meil, je fus réveillée en furfaut
par un bruit affreux qu'on faifoit à ma porte ; je me jettai à
bas de mon lit, courus aux fe-
nêtres & appellai de toutes mes
forces ; mais foins frivoles ! les
mefures étoient fi bien prifes,
que je ne fus point fecourue.
La porte de mon appartement
fut jettée à bas ; *Zelimon* parut
un poignard à la main, & me

fit

fit enlever par ceux qui le sui-
voient. Après une longue route il me fit descendre dans cet
appartement souterain , où il
m'annonça le même soir que j'y
serois renfermée jusqu'à ce que
j'eusse répondu à sa passion.

Jugez , ô sage ami du plus
digne époux , poursuivit *Clemelis* en versant un torrent de larmes, ce que je devins après ces
attentats odieux; les jours & les
nuits se passerent dans la douleur , la rage & le desespoir.
Comme ces passions m'affoi-
blissoient peu-à-peu, & que j'en
tombai malade , mon traître de
ravisseur dans la crainte de me
voir mourir , fit des sermens affreux qu'il n'auroit jamais recours à la violence,& cette pro-
messe qui suspendit mes craintes
& mes inquiétudes , empêcha
l'accroissement de ma maladie.

VIII. *Partie.* L

Peu à peu je revins, & repris malgré moi une vie qui m'étoit à charge, & que j'aurois tranchée moi-même mille fois, ſi l'eſpérance d'y revoir un jour l'époux que j'adore, ne m'en eût empêchée.

Depuis ce tems mon raviſſeur ne s'eſt point hazardé à vouloir me contraindre. Cependant il y a quelques jours qu'il m'a paru moins reſpectueux ; ſur les plaintes que je lui en ai faites, il m'a dit déterminément qu'il falloit enfin me réſoudre à répondre à une paſſion ſi violente, qu'il n'y avoit plus d'égard qui le retînt. Malgré mes larmes, mes prieres & mes menaces, il m'a ſignifié de prendre mon parti, de le rendre heureux, en me jurant qu'après un mois il uſera de violence. Voilà, ô *Sinoüis*, où j'en ſuis ; jugez de la justice de mes pleurs ; je ne vois plus que la mort pour m'arracher au destin affreux auquel il semble que le Ciel m'ait condamné sans retour.

A peine *Clemelis* achevoit-elle ces mots, que nous entendîmes le bruit affreux des verrouils qui nous annonçoient la venue de *Zelimon* ; *Clemelis* en tressaillit. Ah ! *Sinoüis*, me dit-elle, que vais-je devenir ? le Tyran vient sans doute déployer le reste de ses rigueurs ; le tems approche, c'est pour m'y préparer ; le Ciel ne protégera-t'il donc jamais enfin l'innocence ? La porte s'ouvrit, mais au lieu de *Zelimon* parut le Chasseur. Consolez-vous, ô *Clemelis*, lui dit-il en l'approchant respectueusement, dans peu votre sort changera. Je voudrois bien dans le moment pouvoir vous rendre votre liberté, mais elle ne sera que reculée ; sans la crainte de risquer vos jours précieux, je vous ouvrirois à l'inftant les portes d'une prifon odieufe ; mais en fuivant les mouvemens d'une compaffion que je ne fçaurois trop vous exprimer, nous nous mettrions tous deux dans le cas de périr ou de refter à jamais fous la domination du cruel *Zelimon.* Je le connois par trop d'actes inhumains pour en pouvoir douter; le parti que je prens aujourd'hui, eft le plus fûr, je vais à la Cour, j'avertirai le Roi de votre détention & des rigueurs dont on ufe envers vous; fon ordre fuprême brifera vos fers, & vous véngera de votre ennemi cruel. Las d'obéir à un Tyran, dont je détefte les crimes, je vais les dé-

clarer & me mettre à l'abri de
fon reffentiment ; l'injuftice
avec laquelle il vient d'en ufer
avec moi, en m'ôtant d'autorité un tréfor précieux avec lequel je prétendois faire ma for-
tune, m'a fait prendre enfin mon
parti. J'avois deftiné cet oifeau
à la Reine, je le lui porte à
l'inftant; je ne vous en dis pas
davantage, ô *Clemelis*, avant
qu'il foit peu vous aurez lieu
de vous applaudir de mon zéle, mais en attendant fouvenez-
vous de ne point me décéler au
Tyran ; il eft trop occupé de
vous pour fonger à l'oifeau. Je
vais remettre les clefs où je les
ai prifes, je n'en dis pas davantage, le tems eft trop précieux.
En achevant ces mots le Chaffeur m'emporta dans ma cage ;
mon premier mouvement fut
de m'écrier, le fecond m'arrêta,

rien ne pouvoit être plus gra-
cieux à *Clemelis* & à moi que le
parti que cet homme prenoit,
il étoit aifé de juger que le feul
intérêt en étoit le motif ; mais
quel que fût le principe de cette entreprife, il n'en pouvoit ré-
fulter qu'un grand bien. J'allois
à la Cour, je devois appartenir
à la Reine, quand même il feroit arrivé que le Chaffeur eût
changé de réfolution , & n'eût
point parlé de *Clemelis* dans la
crainte du reffentiment, j'y étois
& je fçavois parler ; ces réflexions adoucirent le chagrin de
quitter la refpectable *Clemelis* ;
c'étoit fe féparer pour mieux fe
réunir.

Jamais on n'a fait une route
avec tant de vîteffe ; le Chaffeur fe preffoit d'arriver, je li-
fois dans fes yeux fon inquiétude ; il croyoit à tout moment

être suivi du redoutable *Zeli-mon*, j'en jugeois à la quantite de fois qu'il retournoit la tête ; enfin tant d'inquiétudes cefferent, nous arrivâmes à la Cour. Il fe rendit le lendemain chez la *Brouk-chailloc* (*a*) & le fur-lendemain il fut préfenté à la Reine, comme il avoit defiré ; fon préfent avoit été trop agréablement reçu , pour qu'il fouffrît le moindre délai.

La Reine fut enchantée lorfqu'on lui rapporta la facilité avec laquelle je m'énonçois. *L'Houcaïs* qui étoit préfent, en fauta à pieds joints ; l'on me mit dans une cage magnifique, &

(*a*) Premiere Dame d'honneur , à laquelle il falloit faire un préfent pour obtenir audience de la Reine. Ce préfent étoit confidérable, il ne pouvoit être que de trois chofes, d'un hareng laitté , d'un peigne de fer blanc, ou d'une paire de boucles d'étain. Celui du Chaffeur fut d'un peigne de fer blanc.

L iiij

je fus fêté (*a*) de toute la Cour;
l'on attendóit avec beaucóup
d'impatience que je parlaffe,
j'attendois moi-même que le
Chaffeur le fît, j'efpérois toujours qu'il rapporteroit la fituation de *Clemelis*, & qu'il rendroit compte de la maniere
dont *Zelimon* en ufoit avec elle.
Il avoit fait fans doute fes réflexions. Je crus devoir débuter par
là, j'étendis les aîles, j'allongeai
le col, me dreffai fur mes pattes,
fixai le Roi en face, & m'écriai
ô grand *Houcaïs*, ô Reine, ô
Grands de la Cour, écoutez-
moi, je vais parler. A ces mots
tout le monde tira la langue (*b*)

(*a*) Maniere d'exprimer de la fatisfa-
ction.

(*b*) L'Original dit Fla-ti-crok-dol-ki-
kan-gran-douil-guerlache, qui veut dire
à la lettre, chacun laiffa tomber fa langue. En effet, c'eft le vrai fens, car la
note prétend que lorfqu'on vouloit prêter
une grande attention, on laiffoit pendre

& me prêta une longue attention.

Le Chaffeur auffi bien que
tout le monde, ne fut pas peu
furpris de la maniere dont je
contai l'enlevement de *Clemelis*
fait par *Zelimon*, je n'en obmis
aucune circonftance. L'*Houcaïs*
emporté par la plus grande co-
lere, en but (*a*) trois coups con-

---

la langue tant qu'on écoutoit, & les gens
bien élevés avoient grand foin de tenir la
main deffous pour en recevoir la liqueur
découlante. Les femmes de qualité avoient
le privilége de badiner avec le bout de
leur langue, comme les Gauloifes avec
leurs éventails.

(*a*) La marque d'un violent dépit étoit
de boire, & c'eft depuis la connoiffance des
mœurs de ces Peuples qu'eft venue cette
maniere polie de parler en invitant un
convive à boire : allons donc Monfieur,
Madame, Mademoifelle, &c. *availons la
douleur* : je vous rends grace, allons j'a-
valle la douleur. Grotius qui aimoit fort
la table, ne fe fervoit cependant jamais de
cette façon de parler, non plus que Ci-
ceron, Ariftote, Virgile, Tacite, &c. ce

fécutifs de fureur, & donna des ordres fur le champ pour aller délivrer *Cl melis*.

Après être revenu de fon bouillant dépit, il fe tourna vers *Boldeon*, & lui dit à demie voix, qu'il falloit me mettre à la *gil-gangis*, que j'étois fûrement *grouil-grou-gran*, (a) & qu'il n'é-toit pas poffible que j'euffe un inftinct auffi raifonnable fans que le *Bar-bu-fou* (b) s'en mêlât. Je treffaillis à ces mots, la crain-te du fupplice dont on me me-naçoit, me fit demander au-dience, je fiflai le Roi, il retira la langue pour m'écouter ; j'al-lois lui conter toutes mes aven-tures, & entrer dans le détail des vôtres, ô *Lamekis*, lorfqu'un prodige qui parut affreux à tou-

qui devient extrémement embarraffant.
(a) Sorcier.
(b) Diable.

te la Cour, & qui me fut bien agréable, épouventa l'assemblée dont j'étois environné. Tout d'un coup mes os craquerent avec un cliquetis épouventable, à la place de mes aîles mes anciens bras sortirent, & mes jambes se trouverent substituées à mes pattes ; cette métamorphose se fit si subitement, qu'en moins de rien je redevins tel que j'avois été, & que vous me voyez aujourd'hui. Il fut heureux que ma cage fût grande, sans cela j'étois estropié pour le reste de mes jours ; par malheur pour mon nez il se trouva si pressé, qu'il n'a pû trouver de place pour sortir, il m'est, comme vous voyez, resté celui de Hibou ; cela est triste, mais j'espére que le grand *Dehahal* me l'arrachera, il est trop grand & trop respectable pour ne pas me faire cette faveur.

L'*Houcaïs* & la Cour furent d'une surprise extrême du prodigieux changement qui venoit d'arriver en moi. Il fut convenu tout d'une voix que j'étois *grouil-grou-gran* ; j'eus beau vouloir défendre mon humanité, l'ordre fut donné de m'envoyer ici jusqu'au jour de ma mort. La Reine dont la sottise n'est pas pardonnable, exigea que je fusse renfermé dans cette prison, & cela parce qu'en lui en faisant la description, j'avois assuré qu'elle étoit d'une profondeur extrême ; chose sur laquelle j'avois appuyé pour lui en donner plus d'horreur, & afin d'émouvoir de plus en plus la compassion pour *Clemelis* enfermée. La raison qu'elle donna du choix de cette prison, fut qu'étant si profonde, je serois moins en

état de nuire, & qu'étant posſé-
dé du *Bar-bu-fou*, l'on ne pouvoit trop prendre de précaution.

Quoi qu'il en ſoit, j'ai été enchaîné & mis dans l'état où
vous me voyez; il n'y a pas d'apparence qu'on m'y laiſſe long-
tems, ſi l'on s'obſtine à vouloir
que je ſois *grouil-grou-gran*, vous
ſçavez la loi, ô *Lamekis*, elle eſt
ſans appel, après la *gil-gan-gis* il
faut mourir. Voilà quelle ſera
la fin de toutes mes aventures ;
ô *Vilkonhis* ! pourquoi m'avez-
vous tiré du cahos pour me rendre ſi malheureux ?

Sinoüis finit ainſi , & ſe mit à
pleurer comme une vache ; je
fis mes efforts pour le conſoler.
Nous ſommes vous & moi dans
le même cas , lui dis-je , nous
courerons les mêmes fortunes
mais le Ciel ſe laſſera de nos mal-

heurs; il nous rend notre premiere forme, & nous réunit ; préfage certain qu'ils cefferont bientôt; pour moi je n'ai plus que des graces à lui rendre , felon le détail que vous venez de me faire, je juge que *Clemelis* eft à la Cour. Ne t'en flate pas , s'écria une voix fortant d'un cabinet voifin , tout dans les fers que je fuis , *Clemelis* eft mon Efclave , & elle n'en fortira point que je ne fois libre. Nous treffaillîmes à ces mots ; qui pouvoit les avoir proférés ? L'intérêt que j'y prenois, me fit lever pour m'en éclaircir. Malgré la péfanteur de mes fers je me traînai dans le cabinet ; ô furprife extréme ! c'étoit le même *Zelimon* dont je croyois m'être vengé , à qui j'avois donné tant de coups, & que j'imaginois devoir être réduit en poudre. O Ciel, voilà de ces choses ausquelles on ne s'attend pas, je n'avois garde de les prévoir. Mais que dis-je, ô grand *Vilçonhis*, n'es-tu pas tout puissant ? & lorsqu'on décrit tes miracles , est-il permis à qui que ce soit d'en douter ?

Malgré la rage dont j'étois possédé à la vûe du traître dont je continuois à recevoir tant de maux , je crus devoir dissimuler pour tâcher de sçavoir en quel endroit *Clemelis* respiroit. Je démêle tes vûes , reprit-il après que j'eus parlé , elles sont inutiles , je ne te dirai rien de ce qui peut te plaire , il n'en sera pas de même de l'aventure qui m'a rendu la vie , elle t'afflige , & cela me suffit pour te la détailler.

Apprends donc que je feignis d'être mort , & que je ne l'étois pas ; je jugeai du risque affreux que je courois & de l'obligation où j'étois de diffimuler, il fut même heureux pour moi d'être revêtu d'une cuiraffe que je porte toujours, fans quoi ta rage ne m'auroit point laiffé que tu ne m'euffe dévoré entierement : toutes ces chofes te furprennent, ce n'eft cependant rien en comparaifon de ce que j'ai à ajouter. Tire la langue, ô *Lamekis*, je vais te porter des coups plus mortels que ceux dont tu as cru m'accabler.

J'ai tout entendu, & je juge par le rapport de ton *Sinoüis* que tu te flates que *Clemelis* n'a pas fuccombé à mes affauts, n'en crois rien, ô *Lamekis*, j'ai poffédé les tréfors dont tu es fi jaloux, j'avoue que c'eft fous ton nom qu'ils m'ont été accordés, mais qu'importe, je n'en ai pas moins joui, ne fois point féduit par l'affurance du contraire, re, une femme n'avoue jamais de tels faits : voilà la vérité , crois-moi si tu veux.

La maniere avec laquelle ce scélérat me dit ce peu de mots, me fit impreſſion & me mit en fureur. Eh bien, *Sinoüis*, lui dis-je en me tournant de ſon côté , que dois-je penſer du récit que vous m'avez fait? Que *Zelimon* eſt un ſcélérat, reprit-il, digne des ſupplices les plus affreux, il ſent bien qu'il faut périr , & la noirceur de ſon ame voudroit que ſa perte fût ſuivie de celle de tous ſes ennemis ; ſe peut-il que vous oſiez encore douter de la ſageſſe de la femme la plus reſpectable? Après avoir repris notre premiere forme , cette preuve n'eſt-elle pas convain-cante , & ne décide t'elle pas abſolument en ſa faveur?

Il n'y avoit rien à répliquer à

VIII. Partie. M

ce difcours, auffi me rendit-il
ma tranquillité, mais il ne m'ôta
pas l'inquiétude où j'étois du fort
de *Clemelis*. *Zelimon* paroiffoit fi
fcélérat, & fembloit fi peu craindre fa fin , que j'avois lieu de
penfer qu'il mourroit fans jamais
avouer ce qu'il en avoit fait. *Sinoüis* étoit de ce fentiment, &
le traître à chaque inftant ne
ceffoit de m'en affurer.

Nous apprîmes enfuite de fa
bouche de quelle maniere il
avoit paré les ordres que l'*Houcaïs* avoit prononcés contre lui,
il ne nous cachoit rien des chofes qui pouvoient nous accabler. Un de fes gens avoit rencontré le Chaffeur lors de fa fuite , & l'en avoit averti fur le
champ ; il n'avoit pas douté ,
difoit-il après s'être convaincu,
que ce domeftique n'eût eu une
conférence avec *Clemelis*, qu'il

ne fût gagné, & qu'il n'allât le
déclarer à la Cour. Dans le rif-
que de ce qui en pouvoit arriver, il avoit commencé par s'affurer de *Clemelis*, l'avoit tranfé-
rée la nuit de fa prifon dans une
autre, & s'étoit mis lui-même à
l'abri de fa détention chez un
ami fur lequel il comptoit ; mais
comme il étoit un fcélérat, il
en avoit trouvé un autre, qui
pour faire fa cour au Roi, l'avoit
livré à l'Officier envoyé de la
Cour pour l'arrêter ; il ne dou-
toit pas, difoit-il, de périr, mais il
juroit avec des blafphêmes horribles que *Clemelis* & nous, tout
périroit avec lui.

Si nous n'avions pas été hors
d'état de nous venger de ce fcélérat, nous n'aurions pas atten-
du plus long-tems à lui arracher
fa coupable vie ; mais nous
étions enchaînés de façon qu'il

M ij

n'étoit pas possible de nous abandonner à notre ressenti-ment.

Les ordres de la Cour qui devoient arriver de jour en jour & décider de notre sort, nous furent enfin apportés ; on nous fit partir, & dès que nous fumes dans la Capitale, on nous remit entre les mains de la Justice qui procéda à notre procès. *Zelimon* eut sa grace en faveur du rang de son pere & des pressantes sollicitations de ses amis. On y mit une condition, ce fut de rendre *Clemelis* à la Reine, & il y souscrivit ; lorsqu'il apprit que *Sinoüis* & moi devions périr mal-gré notre innocence ; nous é-tions étrangers, cela suffisoit pour que nous fussions aban-donnés de tout le monde. D'ail-leurs il avoit été nécessaire pour sauver le scélérat *Zelimon*, que

nous fuſſions coupables, il avoit
ſuffi de nous déclarer *grouil-
grou-grans* & poſſédés du *Bar-bu-
fou*; on ne leur faiſoit point de
grace, & nous n'avions plus rien
à eſpérer.

Nous attendions *Sin*◼ &
moi dans un cachot qu'on vînt
nous en tirer pour nous donner
la *gil-gan-gis*, & pour nous conduire de là à un ſupplice; nous
nous entr'aidions l'un & l'autre
pour nous porter à la réſigna-
tion dûe aux decrets divins,
lorſque le même Officier qui
nous avoit transférés, parut, &
ſe préſenta devant nous avec
une politeſſe qui nous fut d'un
augure favorable. Raſſurez-
vous, me dit-il, en me portant
la parole, vous avez une puiſ-
ſante Avocate en *Clemelis*; elle
a porté la Reine à demander
votre grace au Roi; il a promis

de vous l'accorder, pourvû que
vous lui prouviez votre innocence fur l'accufation formée
contre vous d'être *grouil-grou-*
gran. Nous refpirâmes à cette
bonne nouvelle ; loué foit le
grand *Vilkonhis*, s'écria *Sinoüis*,
puifque nous paroiffons devant
le grand *Houcaïs*, nous n'avons
plus rien à redouter. L'innocence va triompher, & le crime gémira ; *Clemelis* eft libre,
elle refpire, m'écriai-je, cela
me fuffit, & je ne crains plus rien.

Nous fumes transférés dans
un appartement auffi riant que
celui que nous quittions étoit
trifte & affreux. Vous attendrez
ici de nouveaux ordres, dit
l'Officier, fans la mélancolie
où le Roi eft plongé, vous pa-
roîtriez dès aujourd hui devant
lui, mais cela ne peut tarder,
en attendant priez le Ciel qu'il

ôte au Roi les caufes de fon chagrin. Je demandai à cet homme poli s'il n'y avoit point d'indifcrétion à vouloir fçavoir les raifons importantes de l'af- fliction de l'*Houcaïs*? Elles font bien légitimes, reprit-il en me portant la parole ; perfonne mieux que vous ne connoît *Fal- bao*, ce chien admirable qui s'eft donné au Roi, qui lui a fauvé la vie tant de fois & qui depuis ce tems n'a pas quitté le Prince... Eh bien ! interrompis-je avec empreffement, lui feroit il arri- vé quelque accident finiftre ? J'en ferois au défefpoir, & je partagerois avec bien des lar- mes la douleur de ce Prince. Outre que j'aimois moi-même ce chien tendrement, j'ai ref- fenti par la perte que j'ai faite d'un aimable animal, (a) com-

(a) Le petit aiglon. Depuis l'impref-

bien des fortes de privations font fenfibles. Au Ciel ne plaife, continua l'Officier que *Falbao* ne fût plus, l'*Houcais* en mourroit; non *Lamekis*, il vit, mais il eft tombé depuis quelques jours dans une langueur qui fait préfumer que fa fin eft prochaine. Le Roi a mandé tous les Docteurs de fon Roïaume, aucun n'a pû jufqu'ici le guérir, tous conviennent de la caufe de fa maladie (c'eft langueur) mais nul ne peut la gué-

---

fion de ce Livre, l'Auteur a eu des nouvelles de cet aimable animal par l'Intelligence, à qui l'on eft redevable de cette admirable Hiftoire. Il fe propofe dans la fuite de les communiquer au Public; il n'attend pour cet effet qu'une feconde apparition de l'Efprit; en attendant on apprend au Lecteur que l'aiglon ne mourut pas, comme il eft rapporté. La Traducteur qui a eu recours à l'érudition d'un Critique pour ce paffage, l'a mal rendu, & a occafionné cette faute confidérable, on tâchera de la réparer dans la fuite.

rir. Un feul Ethiopien d'origi-
ne affure que la peau d'un Serpent qui fe trouve vers le Pôle
Antarctique, pourroit faire cette
cure ; mais il convient en même tems de la difficulté de l'a-
voir , & par conféquent jette le
Roi dans les plus cruelles craintes. La Cour qui adore ce Prince , partage fes frayeurs , & il
n'y a perfonne qui ne voulût au
dépens de fon propre fang lui
donner dans cette occafion des
preuves de fon tendre & refpe-
ctueux attachement.

Pendant que l'Officier nous
rapportoit ces chofes , je fis une
réflexion qui ne fut pas vaine
dans la fuite ; je me fouvins ,
lorfque je fus métamorphofé
en Serpent & précipité fur la
terre , que je me trouvai près
d'un des Pôles , je ne pouvois
me reffouvenir lequel des deux

c'étoit. L'affliction de ma métamorphofe m'avoit ôté une partie
de ma mémoire. Je ne rifquois
cependant rien à propofer la
guérifon de *Falbao* ; ma peau de
ferpent qui ne m'avoit pas quitté, & qui tenoit encore à mon
corps, étoit fi extraordinaire,
qu'elle pouvoit avoir la vertu
requife pour cette guérifon. Je
communiquai cette conjecture
à l'Officier, il la trouva vrai-
femblable, & nous quitta pour
en aller faire fon rapport, en
me difant que fi *Falbao* guérif-
foît par mon moyen, j'allois
du centre de l'infortune mon-
ter au comble de la faveur.

Sinoüis fut du même fentiment, & fit éclater la joie qu'il
avoit de voir bientôt ceffer fes
malheurs par mille tranfports
amufans. Quoi! s'écrioit-il, je
pourrai donc encore jouir de

la vie ? Ah! *Lamekis*, eſt-il un
plus grand bien ? le tombeau
n'eſt-il pas affreux ? Il m'eſt donc
permis de me flater que je re-
verrai encore mes foyers après
en avoir été ſéparé ſi long-tems ?
O mon pere, ô ma mere, re-
connoîtrez-vous votre malheureux fils ? Son affreux bec de
Hibou ne vous cauſera-t'il point
d'effroi ? Cet égard l'attriſtoit
un moment, mais celui qui ſuc-
cédoit, faiſoit évanouir ſa triſ-
teſſe. Jamais on n'a été ſi foible
& ſi attaché à la vie ; je lui en
faiſois la guerre, & il en convenoit de bonne foi.

Je m'attendois de moment
en moment à revoir *Clemelis*,
l'idée de jouir d'une préſence
tant deſirée, me cauſoit les plus
doux raviſſemens. Enfin elle
parut, comment pourrois je dé-
crire nos tranſports ? Elle étoit
N ij

accompagnée de *Milkea* ; la conférence fut longue , mille embraſſemens réciproques mêlés de ris & de larmes y tinrent le premier rang, nous ne pouvions les ceſſer. Ô mon cher époux, je vous revois donc enfin ? O ma cher *Clemelis* , vous m'êtes rendue ! vous m'êtes fidelle ? O mon fils, ô ma mere, que nous ſommes heureux ! Voilà les ſeuls diſcours qui purent être proférés ; les tranſports faiſoient le reſte, nous ne pouvions nous laſſer de les faire éclater.

Lodaï , le premier Miniſtre dont il a été parlé, & qui tenoit avec *Boldeon* le premier rang dans l'empire , ſe fit annoncer, & vint mettre plus d'ordre dans notre entretien ; il me ſerra dans ſes bras, & après m'avoir témoigné la joye qu'il reſſentoit de me revoir, il me tira à l'écart &

me demanda si j'étois bien assuré que la peau de serpent que
je possédois , étoit d'une vertu
assez grande pour guérir *Falbao*.
Je lui répondis que sans avoir
cette certitude dont il parloit ,
j'y avois grande foi. Si la cure
répond à votre confiance, me
dit-il , en vous sauvant, vous
nous sauvez tous. *Falbao* est
beaucoup plus mal ce soir; l'*Houcais* est en pleurs, toute la Cour
souffre , & il ne faut pas tarder d'un moment à apporter le
reméde ; le Monarque veut que
je vous conduise à son appartement , il vous croit toujours
grouil-grou-gran, mais il vous fait
grace en considération de la
Reine, de *Clemelis* & de tous
ceux qui s'intéressent à votre
fort. Pour votre *Sinoüis*, il subira
la loi, s'il ne prouve pas son innocence ; j'en doute fort ; ce

nez de Hibou décide , je ne
fçais pas comment il pourra se
juſtifier d'une accuſation dont
il porte des preuves ſi convain-
cantes. Je vous conſeille en ami
de l'abandonner , le Roi le ſou-
haite , & entre nous il eſt bien
fondé.

Sinoüis qui n'avoit pas perdu
un mot de ce dernier diſcours,
jetta un cri d'effroi à l'arrêt qu'il
s'entendoit prononcer , il accourut vers *Lodaï* : en vérité ,
s'écria-t'il de la meilleure foi du
monde, je ne ſuis point *grouil-
grou-gran* ; ſi mon malheureux
nez eſt coupable , qu'on me
l'arrache, je ſuis prêt à le livrer
aux plus honteux ſupplices. *Lodaï* lui fit ſigne de la main de ſe
retirer : il eſt *grouil-grou-gran* ,
s'écria-t'il , dès le ventre de ſa
mere, & il le ſera juſqu'au tombeau : cette malheureuſe con-

noiffance vous a plongé dans
l'infortune, & vous ne ferez véritablement heureux, que lorfqu'il aura fouffert les rigueurs(a)
de la loi.

Ce Miniftre entêté de fon
fentiment, ne me laiffa pas le
tems de répondre, il me con-
duifit chez l'Hrucai. L'état où
je le vis, me fit pitié, il pleuroit
à chaudes larmes, & ferroit
étroitement entre fes bras *Falbao* dont l'œil mourant annonçoit une mort prochaine. Le
Roi me fit figne de m'approcher, me prit le genouil d'une
main, & de l'autre me montra
Palbao. La Reine & toute là
Cour préfens me firent des fi-
gnes obligeans; j'y répondis de
la même maniere, & je fifflai
le Roi; il m'accorda la permif-

(a) Elles confiftoient à être obligé d'a-
valer fes boyaux tout vivant.

sion de parler; je lui demandais s'il
permettoit que je touchasse *Fal-*
bao:il me l'accorda; je mis la main
sur la tête de cet aimable animal,
il ouvrit les yeux, me fixa atten-
tivement, remua la queue, &
me donna des marques qu'il me
reconnoissoit. L'*Houcaïs* en fut
surpris, & dit tout haut qu'il au-
guroit bien de ce simptôme, il
y avoit long-tems qu'il n'en
avoit fait autant. Mais s'il en
fut étonné, ce ne fut rien en
comparaison de ce qui suivit.
Falbao qui ne cessoit de me fixer, leva tout-à-coup la tête,
porta le nez en haut, me flaira
de tous les côtez, & puis tout-
à coup se leva & sauta sur moi;
je pensai en être renversé; le
Roi jetta un cri de joye : ah,
s'écria-t'il, *Falbao* est sauvé ! Je
ne doutai pas que la peau de
serpent dont j'étois environné,

ne fût la cause secrette de ce
prodige. Dans cette prévention
j'ôtai mon habit, & me mis tout
nud ; le chien admirable n'eut
pas plûtôt entrevû cette peau,
qu'il la saisit avec ses dents, &
la dévora avec une avidité dont
tout le monde fut surpris.

La Reine & les Dames qui
prenoient un singulier plaisir à
ce spectacle, me demanderent
toutes à la fois par quel miracle
j'étois possesseur d'un trésor aussi précieux, & s'il m'étoit facile
de trouver des peaux qui eus-
sent la vertu dont je venois de
rendre un si bon témoignage.
L'*Houcaïs* dans la joye où il étoit
du rétablissement de *Falbao*, qui
par mille courbettes prouvoit
sa guérison entiere, s'écria qu'il
me devoit la vie, & qu'en cette considération il m'accordoit
tout ce que je lui demanderois,

Deux chofes, repris-je fans hé-
fiter, la grace d'un ami accufé
d'être *grouil-grou-gran*, qui ne
l'eft pas, & la punition du fcélérat *Zelimon* ; elles me furent
accordées. L'*Houcaïs* outre cela, me nomma fon premier *Bil-*
thou-car, (a) & j'en fus falué tel
fur le champ.

Avant de quitter le Roi pour
paffer dans l'appartement qui

_____

(a) La Sur-Intendance de tous les ma-
lades du Royaume ; l'une des premieres
Charges, parce que celui qui en étoit revêtu, héritoit de tous les cheveux de
ceux qui mouroient : produit qui occa-
fionnoit des revenus immenfes. Strabon a
fort bien remarqué à cette occafion l'importante bévûe d'Ariftote dans fon Traité
des Crinieres, pag. 357. Chap. II. qui
donne au mot *houil-choul* la fignification
de pelé, lequel ajouté à *graf-j*..., qui veut
dire tête, fignifieroit tête pelée ; ce que
n'a point prétendu l'Auteur Egyptien qui
n'a jamais écrit qu'il y eût dans le Royaume des *Abdules* des Sur-Intendans de têtes
pelées ; ce qu'Ariftote prétend contre tous
les Sçavans.

m'étoit destiné, je le suppliai
de permettre que *Sinoüis* se ju-
stifiât en sa présence & en face
de toute sa Cour, il me l'accorda; on l'envoya chercher, mais
à peine parut-il que *Falbao* se
jetta sur lui, & lui arracha son
bec de Hibou. Le Roi se frappa les fesses à ce prodige, &
nous en fîmes tous autant; mais
un événement bien plus surpre-
nant nous glaça tous les sens de
frayeur; ce bec de Hibou que
Falbao avoit jetté à terre, tourna tout-à-coup comme une pi-
rouette, s'allongea à la hauteur
d'un homme, & puis parut tout-
à-coup d'une figure humaine.
Salut, *Houcaïs*, salut, *Lamekis*,
s'écria t'il, *Scealgalis* soit loué à
jamais; je suis le Philosophe
Dehahal (je l'avois déja reconnu) qui vous annonce un bonheur sans fin; celui de *Lamekis*

auroit été fuivi de l'inmortali-
té, s'il avoit demandé la grace
de *Zelimon* fon cruel ennemi :
apprenez, continua-t'il en fe
tournant de mon côté, *qu'il y
a plus de gloire à pardonner, qu'à
punir*. En achevant ces mots il
difparut.

Nous étions tous encore dans
l'admiration de ce prodige, lorfque *Boldeon* entra, & fe jetta à mes
pieds : ô *Lamekis,* s'écria-t'il, aye
pitié de mon malheureux fils,
rends-lui fa premiere forme, &
fais après cela de lui tout ce que
tu voudras. Je ne comprenois
rien à ce difcours ; la fuite nous
apprit que *Zelimon* avoit été
transformé en Hibou, & qu'il
étoit le plus hideux de fon efpéce. Malgré l'avis de *Dehahal,* je
perfiftai dans mon reffentiment,
je m'en réjouis dans le fecret de
mon cœur, & je décidai que fi

le Ciel me laiſſoit le maître du
ſort de ce traître, il ne repren-
droit jamais ſa premiere forme.

O vous, mortels, pour qui
j'ai bien voulu écrire mon Hi-
ſtoire, béniſſez à jamais le puiſ-
ſant Créateur de l'Univers, &
le remerciez avec moi de toutes les graces qu'il m'a faites.
J'ai gouverné pendant long-
tems un grand Royaume, mon
regne a été auſſi doux que pai-
ſible; j'ai fait la guerre pour rendre la paix durable; ſans affec-
ter la myſtérieuſe conduite d'un
grand Politique, mes œuvres
ont prouvé que celles de mes
prédéceſſeurs n'étoient que
l'ombre de la mienne. Le
Royaume des *Abdales* eſt devenu ſous mon miniſtére un ocean
où toutes les autres mers & tous
les fleuves de la terre ſe ſont
déchargés; ſans uſer de violen-

ce, j'ai abaiſſé l'orgueil, répri-
mée l'opulence téméraire, re-
tranché des membres inutiles,
& déraciné à jamais les arbuſtes
des rebellions à venir. Sous
mon regne les Rois des *Ab ales*
ſont devenus vraiment Rois.
Béniſſez à jamais le Tout-puiſ-
ſant ; c'eſt lui qui a fait les miracles ; je n'en ai été que l'heureux inſtrument ; j'en ſerai à jamais glorifié.

Fin de la VIII. & derniere Partie.

CATALOGUE

Des Oeuvres imprimées de M. le Chevalier DE MOUHY, *tant en Hollande, qu'à Paris.*

LEs quatre dernieres Parties de Lame-kis, *ou* la fuite des Aventures extraordinaires d'un Egytien dans la Terre intérieure, &c. *à la Haye, chez Neaulme.*

La fuite des Aventures de la Païfanne parvenue en douze Parties , intitulées: *Mémoire de Madame la Marquife de L. V.* contenant les Moyens infaillibles de fe rendre heureux dans le mariage : *à Amfterdam, chez Weftein.*

Les trois dernieres Parties des Mémoires pofthumes du Comte D. B. *à Londres, chez du Noyer.*

Les cinq dernieres Parties du Mentor à la mode : *à la Haye, chez Neaulme.*

L'art de la toilette, *ou* les Secrets du vifage , & les Moyens de conferver le tein & la jeuneffe : *à Roterdam.*

Les mille & une faveurs , en 6 tomes, avec les Clefs des productions avancées : *à la Haye, chez Neaulme.*

La Païfanne parvenue , en douze Parties avec figures : *chez Praultfils , Quai de Conti.*

Les Mémoires posthumes du Comte D.
B. avant sa retraite, 3 Parties : *chez Ribou.*

Le Mentor à la mode, 3 Part. *chez Ribou.*

La Mouche, *ou* les Aventures de M. Bigand : *chez de Poilly, Quai de Conti.*

Le Mérite vengé , *ou* Conversations Littéraires & variées pour servir de Réponse aux Observations de L. D. F. avec les portraits de ceux qui se sont distingués en tout genre à la Cour & à la Ville : *chez Prault fils & de Poilly, Quai de Conti.*

Le Démêlé survenu entre le Païsan parvenu & la Païsanne parvenue , à la sortie de l'Opera : *chez Ribou.*

Lamekis, *ou* les Voyages extraordinaires d'un Egyptien dans la Terre intérieure, avec la découverte de l'Isle des Silphides, enrichi de notes intéressantes & curieuses: *chez de Poilly, Quai de Conti.*

Les Mémoires de M. le Marquis de Fieux, quatre Parties : *chez Dupuis au Palais.*

La Vie de Chimene de Spinelli, Histoire véritable , six Parties : *chez Ribou.*

Nouveaux Motifs de conversion à l'usage des gens du monde, *ou* Entretiens sur la nécessité & sur les moyens de se convertir, avec des Stances pour le Vendredi Saint : *chez Valleyre, rue de la vieille bouclerie, & chez de Poilly, Quai de Conti.*

Le Répertoire , Ouvrage périodique: *chez de Poilly, Quai de Conti.*